U0600346

自由自觉、享受人生。

与世人保持着坦率真挚的互动，
又不失自己冰雪之姿、
特立独行的风范。

在这些飘扬的彩虹旗里，你不仅看到北欧社会人们的宽容，也看到对待不同事物量身打造的公正。

当推动一个社会进步的阶梯是基于包容、公平、公正、信义之时，人们才会得到真正的福利，无论是精神上的还是物质上的。

温馨的家庭、谈得来的朋友、以兴趣为前提的工作，健康的皮肤和身材、自信的笑容、智慧的谈吐、良好的生活规律、对大自然的热爱，这是大多数北欧人对生活的理解。而这些看似简单的生活背后，却是数十年如一日的自律、毅力和习惯的积累。

所以，当我们讲极简的时候，不仅是家居的极简、饮食的极简、交往的极简，也更是精神的极简、生活风格的极简。

有能力为自己负责，就必须以终生孜孜不倦的学习为前提。

一棵树长大不只有泥土、水分，还有阳光、雨露、雷电，以及经历大自然所有的赐予和考验。一个孩子就是这样的一棵树。同时，孩子也并非大家想象的那样，难以理解所谓道理。相反，在孩子们心中，有一个用丰富的想象力构建的第三空间，成人们若不蹲下身去聆听，是永远无法到达这个奇幻的空间的。

与别人比是愚蠢的，每个人在这世间都是独一无二的。人们要做的永远是挑战自我、战胜自我、超越自我。

每个人的价值都是贯穿在自我而非他人的一生中实现的。

你永远都有出去享受阳光、雨露的机会和权利！

换工作只是人的漫长一生中许多行为中的一个，这努力中间蕴含着有目标地不断提升自我、认识自我、重新定位自我的过程，以及放纵自己去探知生命的无限价值、享受多元化的一生的乐趣。

一杯咖啡，一个令人心安的咖啡香气缭绕的斗室，一本书或一个笔记本，常常可以让人消磨掉北欧漫长而严寒的冬季的每个周末。

你永远无权决定别人的生活，但也别让他人干扰你的生活！

北欧人也爱品尝世界各地美食，但那只会留在品尝时的舌尖上，不会留在脑海里。他们会清楚地记得当地河流的走向，唯独不记得当时曾经吃过什么。

有计划的生活更自由。

这么慢，那么美

世界愈繁，此心愈简

[瑞典] 罗敷 著
Tintin Sverredal

台海出版社

关于摄影师

　　Maria Langen，瑞典知名户外摄影师，拥有独立摄影工作室。多次举办个人摄影作品展。她的摄影作品通常以展现广袤灵动的北欧，尤其是瑞典的自然及人文风景著称。

　　Maria Langen is a Swedish outdoor photographer. Her photos are often inspired by the Swedish nature and life. You will find Maria Langen's photos on web sites, in newspapers, books and exhibited in galleries. A selection of photographs are also available on her photo site, www.svelan.com.

Contents

目录

这么慢，那么美

01
Chapter

第一章
以约束为前提的自由

第二章
根植于内心的修养

第三章
为人着想的善良

第四章
可持续的花钱习惯

第五章
无须提醒的自觉

第六章
恰到好处的节俭

以约束为前提的自由

以约束为前提的北欧式自由

> 无法摆脱物质的束缚就永远无法获得精神的自由。
>
> ——题记

从19世纪末到20世纪中叶，瑞典人的生活方式受到两次大的城市化和逆城市化的影响。一次是19世纪末工业革命时期的城市化，人人争做"城里人"，首都斯德哥尔摩一时寸土寸金。但随着20世纪工业文明"后遗症"产生，诸如环境污染、人口拥挤、城市犯罪等问题的日益凸显，酷爱宁静的瑞典人又纷纷"抛弃"城市，回归乡下，再不济也在乡下有个度假屋，做半个乡下人。这种局面，造就了今日瑞典乡下的结构。

城市里飘荡着乡村静谧的乡愁，乡村里充满着城市由繁至简的风尚。

这是典型的北欧人的生活方式：在城市里有一套面积不大、刚刚达到居住条件的公寓，用于工作生活；在城市与城市之间静谧的乡下，有一间依山傍水的房子或度假屋，好在周末或节假日来这里洗涤心灵。

在城市里，北欧人要充分享受城市的公共资源，比如市立图书馆、城市森林公园、便利的超市、家附近的咖啡馆、无处不在的儿童娱乐场，等等。大部分的城市公寓，居住面积在50平方米至75平方米左右，对于北欧人来说，已经算是大面积。打开瑞典买卖房屋网 hemnet.se，55 平方米左右的两室一厅带阳台的公寓大概率是最受欢迎的。

这一点颇符合北欧人一贯的生活主张：衣不必言华丽，合身舒服最好。住不必高庭阔院，简单舒适、以书为墙才是完美。

没有攀比之心，是面对生活保持从容和自由洒脱的关键。北欧人不关心他人收入几何。20 世纪 40 年代末，国家实施高福利、高收入、高税收经济模式，为了减轻贫富分化，推出了收入越高、交税越多的均贫富模式，积极建设稳定的中产阶级。几代人下来，北欧人的攀比之心几乎淡化到底。生活中没有了得失比较，注重自我的意识就会增强。

在北欧人的世界里，生活不是为他人过，心中有着清楚的目标，少有比较之心，不需要别人羡慕的目光，也从来不去羡慕别人有什么。当他们选择工作的时候，往往有两种选择。第一是短期内的以赚钱为目的的工作，比如急着用钱，赚够了钱去旅行等。很多北欧人会选择短平快的工作，机场包裹工、咖啡馆服务生、老人院护理工、学校清洁工、游乐场暑期工。这时，俊男靓女脱掉那些极富设计感的小众服装，阳光灿烂地端茶送水，推老人们在街头晒太阳，对外人投来的眼光不以为意。

若是为了长远的发展，北欧人一定会以兴趣为前提，选择一份自己喜欢的工作，抱着钻研的态度，认认真真地干下去。比如有机生物学专业毕业的尤金，对绿能种植有着十二分的热爱，大学毕业立刻投身远离城市的绿能小镇，专心研究。这个当年在学校里、在朋友圈里永远走在时尚前沿的校草级弄潮儿，为了自己喜欢的工作，可以远离城市生活，安静且低调地沉迷于热爱的领域，过着简单却自得其乐的生活。

所以，北欧人的第一层自由便是回归自我，消除他人对自我的影响，建立内在强大的世界观和价值观。一个人只有摆脱物质对自身的束缚，摆脱传统价值中以物易物的潜意识，比如明白生活的价值并不在"工作—赚钱—买房、买车—更努力工作—赚钱"这个内卷的死循环后，才能在精神上获得真正的自由。

但这种自由并非让你不负责任地放弃一切，不工作、不买东西，躲进深山老林里隐居。那只是一种消极的"躺平"，只会让你的生活变得愈加消沉拮据。生活环境变了，而人本身并没变，那么这种改变是无效的。

而积极的生活态度是入世，集兴趣与工作为一体，选一份自己喜欢的工作，怀着匠人般的专注长久做下去，是越来越多北欧人可以选择的工作模式。

在喧嚣的尘世生活里，带着前瞻性和好奇心，选择你喜欢的工作，相看两不厌地坚持一辈子。可以这样说，选择适合你的、你喜欢的工作，兴趣越大，工作中的贡献也越大。人只有对喜欢的、感兴趣的东西，才会持之以恒地投入和钻研。这就是为什么很多北欧人从小培养的兴趣都是可以贯穿一生的。

北欧人普遍受教育程度较高，尤其是女性受教育的程度。母亲的教育程度直接决定着孩子和家庭的起点，乃至一个国家文明的高度。不乏有很多北欧父母望子成龙、望女成凤，希望孩子未来在某领域做出一番成就。但愈是这样，父母愈要将兴趣的选择权交给孩子，因为父母懂得，这样的兴趣很有可能影响孩子一生长远的发展，甚至是人生方向和未来生活方式。

北欧孩子的业余兴趣班有：冰球、跆拳道、钢琴、小提琴、骑马、帆船、户外越野、语言等。如雨后春笋，一点儿不少。父母尊重孩子的选择，聆听孩子的想法，遵从孩子的愿望。比如 2018 年平昌冬奥会女子个人越野滑雪冠军、瑞典女孩斯蒂娜·尼尔森，同时也是越野滑雪世锦赛两枚金牌的获得者。在采访的时候她曾提及，像其他很多在冰天雪地的北欧长大的孩子一样，越野滑雪于她也是一项充满乐趣的冬季娱乐。慢慢地，她发现自己对越野滑雪产生了浓厚的兴趣，这个兴趣也得到了父母的支持。因此在年纪稍长的时候，她开始参加越野滑雪俱乐部，进行正规的训练。这件事给她带来的成就感是每每突破自己的喜悦，至于最后拿到金牌，在自我要求的日复一日的艰苦训练中，似乎也是水到渠成的事情。

在北欧生活了十几年后，北欧人的这种习惯也慢慢浸染了我。当初在学瑞典语的同时，我学完了学前教育专业的课程，毕业后顺理成章地辗转在幼儿园、学校中做兼职。瑞典政府规定，无论什么行业，如果兼职时间够两年，你的学历、经验和专业都够格，工作态度良好，那么这个企业就必须聘用你。这是政府对劳工的保护制度。兼职两年后，我收到兼职中心发来的一封信，信上有选项，"是否愿意全职在某幼儿园工作，还是放弃这个机会"。因为来兼职的很多都是在校大学生，有自己的专业，兼职只是过渡，并不是每个人都想留下来继续工作。

其时，虽然写作是我的人生理想，但在异国他乡，作为移民和技术学渣，能够得到政府的全职工作，颇为不易。拿到 OFFER 的时候，我没有更好的选择，也不想放弃这个机会，此后便在幼儿园全职工作了 3 年。3 年里，愈是忙碌，愈是在阅读与写作里找到了心灵的慰藉与宁静。下班后的业余时间，除了带娃、照顾家庭，剩下的时间，我几乎全放在了写作上。就这样，2012 年我有了走上文坛的第一本书《嫁在北欧做新娘》，2015 年有了次年拿下中国亚马逊图书榜前三的畅销书《这么慢，那么美》。此后，稿约不断。

2017年，签约《越简单，越美好》的时候，我拿着盖着红红的骑缝章的出版合同，压力倍增，明显感到了时间和精力的有限。在意识到上班八小时之后，继续再写六七个小时变得困难的时候，我的干涩的眼睛、注意力很难专注的大脑、稍久坐就疼痛的腰椎间盘，齐齐向我发出指令，要我在全职工作和写作之间，做出一个选择。于是，我放弃幼儿园稳定的工作，选择专职写作。

这种选择并不是不计后果的背水一战。《这么慢，那么美》为我带来阶段性的成就，也带来丰厚的稿费。用这笔钱和工资积蓄，我在计划之外买下了距离哥德堡两小时车程的乡下别墅。没有贷款，虽然大大背离了北欧人凡事贷款的行事作风，但当时有了贷款，为了每个月七八千克朗的月付，不免沦落为身不由己的房奴，这便与我轻松生活的目的大相径庭了。所以，有多少钱办多少钱的事，如果钱不够买房，我一定不会买房；最终选择的房，也在一次付清的筹划之中。关于买房，后面有一篇文章专门写我在北欧买房的惊心动魄的故事。

在乡下房子里写完《越简单，越美好》和小说《唯有爱与勇气让你前行》之后，像大多数北欧人一样，我返回哥德堡居住，乡下房子成了"度假屋"。

在哥德堡市中心和森林公园的中间地带、传统文化音乐聚居地马斯图格山顶教堂附近，我用新收到的稿费开了一间一百平方米的山顶生活馆。而开生活馆的目的，也是一边开馆，一边有充足的时间和精力写作。我坚持认为，不管人生怎么折腾，都要如写散文般形散神不散。这个"神"，便是你愿意为之终生奋斗的事业。我们所要的自由，也无非是走出"金钱换物质"的循环，把生活建立在有明确的目标、把技能转换成财富，而非把金钱换成有形的物品的基础上。

且这种提升，看似虚无，其实有时只需稍稍调整生活角度就可做到。迈开的第一小步，便是学会做计划。计划对于北欧人来说，是获得自由的前提，换句话说，有计划的生活更自由，计划是生活里像咖啡、面包一样重要的存在。可以说"无计划，不生活"。

小到洗衣、健身、Fika，大到出国度假、买房、买车、生孩子、换工作，都要制订计划。这也就是为什么你若侵占一个北欧人定好的洗衣时间，他简直会跟你拼命，那时你就会见到什么叫"兔子急了也会咬人"。因为你打乱的不只是洗衣时间，有可能是他一周的生活计划。

在北欧，忽然串门拜访朋友，是会吃闭门羹的，这跟突然订好了机票请你的闺蜜或另一半去旅行一样，会把人吓个半死。我就亲眼见过我的瑞典女友的法国男友为了给她生日惊喜，自作主张订了去法国圣特罗佩度周末的机票，两人闹到不开心。我的瑞典女友说，这是他的计划，不是我的计划。他愿意买机票，但他忘了问我有没有时间去！

在北欧人看来，如果能够按照计划生活，并完成所有的计划，就是最大的浪漫。因为这些计划并不只是工作或学习计划，而是整个生活的计划。换句话说，享受生活和自由，安静地独处，都是计划的一部分。自中世纪流传至今的深植于北欧人骨髓的契约精神，正是建立在这种严谨的计划之上。一个派对，因下了大雨来电话或短信表示不能来的，可能都是其他国家的人，而北欧人几乎是天上下着刀子也会准时来参加你的派对。所以在骑士精神的契约精神基础上，又有了北欧人特有的诚信和自律。

自律蕴含在那些人所看不见的地方，人所看见的，都叫自觉。在人所看不见的地方，依然能够自觉遵守规则，才叫自律。自律建立在自我修养与法律的基础上。一个自律的人，通常有着自信坦然的生活态度。既有自我约束的尊严，也有为他人着想的善良。比如，北欧人最喜欢在秋日去森林采蘑菇，即便很多北欧人都有自己秘密的蘑菇地，但是每次也不会把所有的蘑菇都采完，会留些给后来的人，或者森林里的其他"主人"：驯鹿、野兔、野猪、熊等。

所以，当我们动不动要求自由的时候，不妨审视自己，是否已具有自由的能力。自由，不是你想干什么，就可以干什么，而是你不想干什么，就可以不干什么。

公正与信义：知足常乐的源泉

> 我知道一棵白蜡树叫作 Yggdrasil；一棵高高的树，浸透了闪亮的土壤；从那里来的露珠落在山谷里，永远是绿色的；它屹立在命运之井之上。——先知的预言
>
> ——题记

想要了解北欧人对公正与信义神圣的崇尚，还要从北欧神话里象征公正与平衡的中心世界"世界之树"说起。

斯堪的纳维亚半岛地处寒冷地带，却又森林、湖泊密布。森林、湖泊、岛屿这些意象的叠加，让北欧神话里衍生出"世界之树"（尤克特拉希尔，古诺斯语：Askr Yggdrasills，英语：Yggdrasill）的概念。这棵与天地同寿的白蜡树上，除了居于中庭的人类，还有精灵族、侏儒国、巨人国、雾之国、火之国等。在不同的分庭之间，代表着公正与信义的真理将一切缔结在一起。所以，北欧神话里，世界之树是和真理连接在一起的。

1643 年，一位名叫贝恩祖法·史云申的主教得到一本由 45 块软绒做成的古书，这本书的名字叫作《国王的书》（拉丁语为《里吉斯法典》 *Codex Regius*），据传写于 1270 年左右，记载了关于"世界之树"的全部内容。书里记载，在地壳运动、火山爆发、冰川时期，地球生物面临湮

灭和重生，世界之树与我们的创造、保存和毁灭等息息相关。它告诉人类，树木与世界命运的关系。

这种人与自然同生并存、息息相关的生活法则，深深影响了北欧人与生俱来的外在中正严谨、内里又崇尚随性自然的性格。这与将荣誉视作生命的北欧神话里的英雄主义，以及中世纪传承下来的骑士精神、近代的契约精神一脉相承。

从北欧神话中孕育出的独特的北欧世界观与北欧文学体系，具有强烈的英雄主义色彩与悲剧主义精神。在北欧神话里，神都是会死的，会为想得到的东西而付出巨大的代价。比如众神之父奥丁，为了获取知识而牺牲了左眼，甚至为了获取长矛而于世界之树上被悬挂九天九夜。在北欧神话里也有无比悲壮的"诸神的黄昏"。神也是会死的，需要向死而生的涅槃；正是这种对生命的敬畏和探索，造就了北欧民族生生不息的勇者精神和探索精神，以及面对生命时万物平等的生命意识。

世界之树是强大的，但同时也是脆弱的，它不仅在过去、现在、未来的时间三维里受到束缚，树根和叶子还会受到觅食的龙和四只鹿的啃食。因此，在瓦哈拉（众神的居所）屋顶上，又有了山羊神"Heidrun"和鹿神"Heidrun"来滋养世界之树——尽管它们也会吃世界之树的树枝，但它们会回馈礼物：山羊为它提供蜂蜜，鹿将鹿角中的水灌溉世界之树的根。

北欧神话中的现实主义、对真理的探索、认为死是生的一部分、对生命肃穆的敬畏和思考，深深地折射在几乎所有受其影响的北欧文学作品里。一代又一代的北欧人汲取着这些朴素又哲学意味十足的文学文化养分。世界之树构筑在北欧神话里，在融合了宗教色彩之后每年的圣诞树里，也在北欧人内在宇宙的生命体系里。

瑞典文学史上最伟大的树木崇拜者之一，作家阿图尔·伦德奎斯特（Artur Lundkvist），在对树木和森林进行思考之后，写下这样的文字：

"在每一个人身上都有一棵树，在每一棵树上都有一个人，我感觉到这棵树会在人的内心里创造奇迹，而人却被困在树上……森林之海是地球上的第二个海洋，是人类能在其中漫游的海洋。森林无声地工作，完成了大自然的伟大工程；它与风共事，净化空气、缓解气候、形成土壤，为我们保护所有的必需品且不破坏它们。"

可以说北欧人终其一生更加注重的是其生命内在"世界之树"体系的构筑，注重自我的发展、完善和挑战。折射在生活中，就很好解释为什么北欧人对生活之外的人和事态度冷淡，因为他们的关注点，根本不在外人那里，而在小我（世界之树的自我循环）和大我（世界之树的社会循环）之间。就像人与地球一样，小我和大我之间也是相互依存的关系。

北欧人的观点是你挣多少钱与我无关，你花政府多少钱却与我息息相关。北欧人对待金钱利益的看法是：不合法、不属于自己的绝不染指，合法范围内的则积极争取。北欧的经验充分证明高增长和公平分配是可兼顾的，经济增长和社会公正之间不仅不冲突，而且福利和社会公正是有利于经济发展的，是可持续增长的前提条件。同时，福利导向体制和民主、自由之间也没有冲突。

这就是为什么有时候我们会觉得北欧人在有些事情上较真得让人难以理喻。因为在以"政府"为代表的大我世界之树循环里，那些税收里的每一分钱都与社会每一个人有关。严谨地对待自己，也严谨地对待那些自己为之付出的地方。因此对北欧人与政府契约之下信条的动摇，无疑也是对其生命信仰的动摇，这对于一个北欧人来说是危险且具挑战性的。

　　这就是欧美政府官员普遍信守的地方，他们绝不敢贪污而失去在社会与民众中的信用！当然惹了桃色新闻一样下台，因为北欧人眼里爱情、婚姻的神圣同样是不可侵犯的。

　　北欧几乎所有公司办公区域都是开放式空间或有透明玻璃墙，大家工作时间在做什么一目了然。即便是非透明空间，办公室通常总是开着门。在办公场所为了与人交流沟通，大脑和大门都要最大限度地开放。下班后回到家，才是个人隐秘之所在，任何人非主人允许不得踏进其家门槛半步。

　　北欧习惯了公共场所凡事透明，计划、任务如此，财政亦如此。何况北欧人一直提倡均贫富，不分行业贵贱，重视人的劳动价值。大家收入低也低不到哪儿去，高也高不到哪儿去。收入低交税低，收入高交税高。税后一清算，一下子就把大多数人的收入拉到一个相差不多的水平线上了。

　　在北欧即便个人收入保密，但是你所处行业的收入并不保密，只要知道你所从事的行业，稍微一算，就大概能算出你的个人收入。奖金等这种弹性很大不利于走税的收入，在北欧几乎不存在，做得好的话就直接涨工资。

　　在这种外有盯梢、内有机制透明的双重监督下，北欧大小官员时刻处于"十面埋伏"。别说偷偷接受贿赂，或偷偷利用工作之便贪污，公开透明的一键制简直让你无处遁形。只要在国家互联网上键入你的人口号，那么你所有的信息都会一览无余地出现。所以你除了能从办公室里带走用来补充体力的几颗糖，是带不走任何其他东西的。

　　这种透明的机制不仅约束政府工作人员，也同样适用每一位"平民"。当初我在哥德堡开生活馆，为了申请一张烟草零售许可证，已经大大领教了这种几乎让你的财产无处遁形的"天网恢恢、疏而不漏"的严格。烟草和酒类一样，在北欧属于危害公共卫生健康的"管制"商品，一般商店或超市出售烟草酒类，必须要有许可证。许可证网上填表就可申请。十几页表格，按要求分门别类填好，即可申报。这一步并不难，但此后的审核，其严厉程度几乎超出了我的想象。

申请表递交之后，一位烟草管理局的工作人员与我邮件来往，对表中不清楚的地方要求我文字陈述解释。通常在北欧求职、开公司、申请任何一类许可，除了查看个人社会记录中有没有拖欠账单、逃税漏税、公交车逃票记录等重大影响诚信声誉的"劣迹"，还要看此人为社会做贡献的程度，比如缴税记录。如果你的缴税记录低于水平线，靠领救济金过活，那么你就不要想贷款买房、买车、开公司，银行不会贷款给你。而且因为你不缴税或缴税过低，也会失去很多和各行各业合作的可能性。这里印证了很多人提问的为何福利社会不养懒人。

瑞典有一个叫 UC 的个人审查公司，允许和你合作的公司通过 UC 审查你的收入、个人信誉及缴税记录，如评分过低，这些公司是不会和你合作的。

也许有的人特别是部分他国移民，会认为我私人资产雄厚，我不需要在北欧银行贷款，去买房、买车、开公司，我一次性付清好了。但即便是你有能力一次付清，同样要面临银行和税务局的审查。北欧房产属于国家管控，不允许炒房。一两套也许可以，如果个人名下房产超过了三套，一定会引起税务局的注意，发函要求你讲清购房资产来源。讲不清，房产立刻被冻结。如果你解释是国外资产，而又没有提前申报，那必定又是拔出萝卜带出泥，是另一个故事了。这个故事就是，就像你在瑞典境内出示的所有证明，包括原有国的收入证明、缴税证明、相关人签名等各种证明，照样重新审查一遍。

当年《这么慢，那么美》的畅销和前后几本书的出版，我得到大笔版税，钱转到瑞典 NORDEA 银行的时候，立刻被冻结，要求说明资产来源。我立即联系了出版社，请出版社为我开了中英文版稿费收入证明、国内缴税证明，这才放行。

我开生活馆是商业行为，商业行为就必须申请成立公司，以公司形式运作，这里面的重中之重，就是聘请会计，做好每一笔账，否则很有可能还没开张就已经破产。如何在北欧开店？这是后话。

说回我申请的烟草许可证，大家也许记得我从幼儿园辞职，在乡下买了房，搬到乡下住了一年多这件事。当时逍遥自在，岂知乡下人也不好当，回城开店后，一年多的逍遥生活被反复问及。问题集中在一年没工作，就意味着一年没有收入，没有缴税。审查人员问，没有收入，您是如何开店的？我回答，用稿费收入以及以前的工作存款。又问，钱都买房开店了，那么平日的生活是如何维持的？又答：稿费和存款。当时心里想，拜托，只是一个烟草许可证而已！需要将我的私生活翻个底朝天吗？讲给瑞典朋友们听，大家摇头叹息，既同情又理解：这就是瑞典呀！放在他们身上，一样一样的，大家都是过来人。

后来又是杂七杂八的审查，陆陆续续，小半年之久，许可证才发放下来。这还不算，每年将近一万元的烟草管理费，按时缴纳，不得拖欠。所以，就申请小小的烟草许可证这一件事，已经是蝴蝶效应般牵一发而动全身，其中个人信誉、有无不良记录、收入、资产证明、缴税记录等，任何一个环节若有问题，申请都不会通过。

且这样的审查环节适用于任何一种申请。

每一个北欧人都深深懂得，在这样以诚信和名誉为本的社会，丢了诚信甚至比丢了官职更可怕。人们将贪污、逃税甚至逃票这样的人生污点称作"墨鱼事件"。一个人只要有过"墨鱼事件"，那他求职、贷款、开公司，都将会遭到相关部门异于常人的严格审批，且通常会遭拒。北欧人自古崇尚骑士精神，具有英雄主义情怀，如果因此而使人格受损，他们自己也是无法原谅自己的。虽然媒体经常拿他们开涮，但那是另一回事。

除了道德体系的建立，公平与分享亦是北欧人社会意识的基石和前提，甚至在幼儿园里一岁半入园的孩子都已经慢慢接受公平与分享的意识。近几年的幼儿教育更是打破传统，率先提出在性别上的公平待遇。最明显的就是在玩具上不再强调男孩玩具或者女孩玩具，以免过早地确立孩子的性别意识。

我在幼儿园工作的时候，老师们每年春季都会收到教育部的大纲，做一年的幼儿园活动计划与物资配备规划。校长会在例会上一再强调，小汽车不是男孩子的专属玩具，洋娃娃与粉红裙也不是女孩子们的标配。尤其是"过家家"的时候，扮演妈妈、狼外婆的那个，很可能是想尝试穿纱裙的男孩子。

也许会有家长表示忧虑，孩子会从中产生性别混淆或性别模糊。但北欧早教体系秉承堵不如疏，引导与体验第一。注重培养孩子的共情能力。以积极教育理念作为基石，在寓教于乐的教育中植于同理心、好奇心、共情能力、兴趣爱好、专注力、创造力、想象力、挫折教育等方面的理念，并建立一生学习的习惯。在淡化性别的教育中，激发孩子们的同理心与共情能力，让孩子们与社会情感一起成长。

另外学校淡化特权意识，孩子很少攀比谁家比谁家有钱，其实北欧社会一贯提倡"均贫富"的治国理念，不仅提倡，而且认真执行。收入越高，交税越多，所以孩子们在一起，若要论虚荣，只能比比谁更酷、更有个性。

如果只是做到公平，那么显然低估了北欧国家的文明高度。建立在公平基础上的公正，才是政府与人民之间的共赢。

公平并不一定意味着公正，在公平的前提下，重视和关注个性化的突出和发展，将人性化发展到极致，关注每一个哪怕最微小的单元，才是公正社会的意义之所在。在这一点上，北欧国家早就深刻地意识到了这一问题。比如常态化的北欧同居，很多伴侣有儿有女，过了一辈子，还只是男女朋友关系。这种一辈子的同居关系，同样受到相当于婚姻关系的法律保护。最简单的例子就是，瑞典是非移民国家，但也有几种移民渠道，比如技术移民、投资移民等，婚姻移民也在其中。这时候，同居的法律认可效力就体现出来了，所谓的婚姻移民，其实包括婚姻和同居两种关系，只要属于其中一种，都可进行有效的申请。

北欧人自打幼儿园起，就在一个相当宽松的环境里长大，对多元文化，从小就有着惊人的认知和接受度。不要说学校教育和社会认知，很多北欧孩子自己的家庭本身就是这样。比如他们的爸妈可能是文身爱好者；或者同性恋；或者只是同居一辈子；或者妈妈是北欧人而爸爸来自非洲；或者爸爸扎着盘在头顶小山一样的脏辫，妈妈梳着莫西干头，家里有残疾的弟弟或者妹妹是从国外领养的。所有这一切，构成了北欧孩子的日常，也使他们达成一种认知：永远乐意去理解甚至尝试接受那些不一样的人，不一样的事，不一样的思想，不一样的见解。

在哥德堡，我和大家凭兴趣聚在一起的、由我2020年在广东人民出版社出版的小说《唯有爱与勇气让你前行》改编的电影《唯爱》剧组，我们的男主——卡莱的扮演者，就是一位同性恋。性格坦荡温和、金发碧眼、身材高挑的他，根本不介意亮明自己的恋爱底牌。每次自我介绍都落落大方，介绍自己的男朋友跟大家认识。在 Facebook 上，也从来不避讳地秀恩爱撒"狗粮"。两人都有自己的工作，平日里一起旅行、一起做饭、一起去海里游泳、一起林中徒步、一起阅读、一起参加朋友聚会，当真神仙伴侣。

而同在剧组的大家，包括几个孩子，对此也是司空见惯。整个社会，上到老人，下到小孩，人们不再避讳，或者不再将此当成一种不可告人的隐秘。无论在新工作见面会上，还是新认识的朋友跟前，他们都会坦然地介绍自己的另一半。

每年一度的同性恋游行规模越来越庞大！每到夏日，北欧街头彩虹旗到处飘扬。画着彩虹脸的男男女女走上街头，庆祝自己的节日。在这些飘扬的彩虹旗里，你不仅看到北欧社会人们的宽容，也看到对待不同事物量身打造的公正。

特立独行的平等精神

> 北欧人的 AA 制，小部分表现在金钱
> 的分配上，而大部分则表现在干家务和带
> 孩子的平均分配上。
>
> ——题记

北欧社会崇尚英雄主义，却不推崇精英原则。在北欧社会里，没有谁是高高在上的，也没有谁是低如尘埃的。每个人都有自己的价值，一个人一生所要做的，就是不断提升自我价值，而非永远与他人做比较，在他人的基础上肯定自己的成就。

如果要讲北欧人为什么如此注重平等精神，詹代法则是一个绕不过的话题，是北欧人民隐形的生活法则。了解了詹代法则，你也就了解了北欧人在公平与平等之上，跟你死磕到底的 AA 精神。詹代法则甚至被称为北欧人的性格密码，也完美诠释了在社会制度面前没有人享有特权。

詹代法则（Jante Law）源于丹麦裔挪威小说家阿克塞尔·桑德摩斯（Aksel Sandemose）1933 年出版的挪威语讽刺小说《难民迷影》，法则有十条，开题第一条：不要以为你有什么特别。你跟我们（集体主义）是一样的。另外还有诸如：别想着你比我们更优越；不要觉得你知道得比我们更多；不要以为你比我们更能干。詹代法则将人人生而平等的理念发挥

到了极致，也造就了今日北欧之风气：王室又怎么样？王室也得靠四处站台养活自己。首相又怎么样？首相看病也得排队。大老板怎么样？大老板也得中午自己下楼热盒饭。

詹代法则像是一把北欧社会行为标准的双刃剑，既要发展个性张扬的自己，又不要在人群中太扎眼。就像很多北欧人，他们高质量生活的名片就是一个健康的 BFR（体脂率）永远保持在 21 左右的身材和小麦色肌肤。你也要"警惕"身边那些扬言是素食主义者的家伙，因为很有可能这是低调的"炫富"——只有那些买得起价格昂贵的有机蔬菜的人，才会只吃素，还顺便宣扬了自己环保、关爱动物的生活理念。这也是北欧小众品牌受欢迎的原因。

在 AA 这件事上，詹代法则无疑也发挥了巨大的主导作用。所以在北欧这么多年，据我的切身观察体会，其实我们误读了北欧人所谓的 AA 制。

北欧人的 AA 制，小部分表现在金钱的分配上，而大部分则表现在干家务和带孩子的平均分配上。比如我在幼儿园工作，最常见的接送孩子模式：如果妈妈早上送孩子，那么下午则是爸爸接孩子。一个送，一个接，公平合理，就跟在家里一个负责喂奶，一个负责换尿布一样，分工明确，各负其责。如果一直是妈妈接送或爸爸接送，我们做幼儿园老师的，也会感到奇怪。除非是其中一方失业在家，或者是单身妈妈或爸爸，还可以理解。这种公平合理的带孩子模式，即便两人离婚，在瑞典最普遍的做法也是孩子跟妈妈一周，爸爸一周，保证父母双方在孩子抚养义务上的分担。

从路德宗 16 世纪传入北欧诸国，信仰里的"爱你的邻居"的观念，立刻与瑞典、丹麦等民族在海盗时期形成的互助合作精神产生强烈共鸣，两者融合在一起，深刻地影响了北欧民族精神的形成。

19世纪以前，刚刚解决温饱问题的人们，注重解决人与人、阶级与阶级之间的差异与不平等问题。因此，高收入、高税收、高福利、高平等性和高均衡性社会发展的经济模式被提出来，这种经济运行体系可以简化为：斯堪的纳维亚模式＝福利国家＋国家干预＋合作主义＋平等的精神。其核心意义在于极大程度地削弱阶级的对立，消融贫富差距。长远的影响便是在一代代的国民生活里牢固地树立"做自己，不比较"的意识。这种崇尚自我的生活意识又与后来在此基础上发展起来的"无计划，不生活"的北欧式自由是紧密联系的。

除此之外，北欧的社会平等亦体现在诸如国民收入、福利平等、官民平等、性别平等方方面面。虽然瑞典全称瑞典王国，有王室，但国王一家几乎可以被视作国家"吉祥物"。因此，在经过长达一个世纪的北欧经济模式的运作，消除了特权阶层和贫富分化之后，性别平等意识作为国家发展重中之重，被提到前所未有的高度。

19世纪是现代社会福利政策的"孵化期"，政府开始逐渐从教会手中接过社会福利的责任。瑞典政府鼓励妇女就业和参政。女权之风在以瑞典为首的北欧国家甚盛，从英国女王、丹麦女王及未来的瑞典王储维多利亚公主来看，就知道北欧国家在性别方面长期以来都是必须平等的。早在20世纪以前，瑞典就有不少支持女权主义的良好传统。

都说对女性和孩子的态度，决定了一个国家文明的高度，其实对女性和孩子的态度，也决定了每个家庭幸福快乐的程度。

在农业社会，繁重的劳动需要男性的体力，瑞典曾经有过重男轻女的传统。但自工业文明洗礼和女权主义崛起之后，男女平等的意识已经深入人心。瑞典女人即便举着女权主义的大旗，但也并不因此而妄自尊大、打压男性。两性之间的性别差异对于北欧人来说不是互相制衡，而是调和。

北欧女权主义的实质，其实直指两性关怀。如果人人都想要男孩，女人若生了女孩便感到自卑，女性自己都看不起自己的性别，又何来在两性世界里的平等和尊重一说？最起码的在性别上的互相尊重都做不到，那么所谓的由自尊获得的幸福感只是妄谈。

1977 年 7 月，瑞典长公主西约特兰女公爵维多利亚·英格丽德·爱丽丝·黛西蕾出生。1979 年秋，绝大多数人热烈赞同，小维多利亚成为瑞典王国未来的女王，为此瑞典议会修改了《王位继承法》，在新的《王位继承法》里，未来的王室孩子，无论男女，只要是头生孩子，就可以继承王位。所以，即便王室还有后来的男孩子——维多利亚的弟弟菲利普王子，但未来的王位是王储维多利亚长公主的。

这种真正提倡男女平等，将女性从繁重的日复一日的家务活中解放出来的做法，造就了活泼乐观的北欧女性主义精神。反映在家庭里，就是丈夫少了一个经常埋怨的黄脸婆，而拥有了一个时常开怀大笑、善解人意的妻子；孩子少了一个只知道唉声叹气的妈妈，拥有了一个积极乐观、有趣开明的母亲。女人只需要完成自己的那一半家务，有大把的时间读书，发展自己的爱好，比如跳舞、瑜伽等，约三五好友去 Fika 或者逛逛街，或者有心情带孩子去看画展，听音乐会，或者全家外出用餐。

一个家庭里，只要母亲这个角色是温和的且有较高的文明程度，那么这个家庭整体的幸福指数都会很高。这也是为什么女权主义鼎盛的北欧五国在全球各个国家的幸福指数一直名列前茅，经济不能决定幸福与否，女人的幸福感才是影响整个家庭幸福指数的关键，每一个家庭的幸福程度又决定了整个社会的幸福程度。

女人的修养与文明高度，代表着整个社会的文明高度。在全民关注的收入和福利上，瑞典从 20 世纪 30 年代开始的分配体制改革，从开始就突出了"全民"的意义。在瑞典，养老金人人都有权享受，并不是有工作的人才有。给妈妈和小孩的补贴也一样，每个家庭都有份，按小孩的人头发给。比如从孩子出生的那天起，政府视每个孩子为己出，每个月针对每个孩子免费发放的 1000 克朗左右"牛奶金"，一直到孩子 16 岁成年那天，其间不会中断。

"千里之行，始于足下。"国家的发展亦如此。北欧诸国鼓励女孩多读书，尤其是走进大学接受高等教育。一个家庭母亲的文化水平，决定着整个家庭的文明与修养的高度。由这样的一个个以家庭为单元建立起来的庞大的社会体系，又直接决定着一个国家的文化与文明的高度。据不完全统计，在瑞典，男女在接受高等教育程度方面差不多持平，女性比例甚至略高于男性。

北欧国家的父母，用爱心和耐心培育孩子，则会使孩子终其一生受益无穷。性格乐观、为人平和，工作无贵贱之分，凭兴趣选择工作的北欧人，是北欧国家发达与进步真正的基础，而为之奠基的，必定是一颗平和之心和完善的社会保障制度。早在社会民主党成为瑞典政治舞台上的主角之前，瑞典已经有了一些初步的社会保障，这与宗教传统的影响有密切关系。

我上语言学校时为了完成阅读写作的作业，曾带着使命读过一本经典瑞典小说《汉娜的女儿们》，一个家庭三代女性的故事。讲了这个家庭三个女人的命运：奶奶汉娜生活在瑞典农业社会，给富有的农场主当帮佣，小小年纪被农场主的儿子强奸也忍气吞声，把遭遇的不幸归结为个人命运。

在男权具有绝对权力的时代，即便她发出呼声，蒙羞的还是自己。汉娜的女儿约翰娜目睹母亲的境遇，性格独立而坚强，选择向社会发声。而她所处的时代，正是瑞典社会转型和女权意识觉醒期。父亲的教育角色开始参与到儿女的成长过程中来，两性平等的意识被摆到桌面上，以约翰娜为代表的女权主义崛起的一代，开始从厨房走向职场。不仅如此，在爱情和婚姻中，也不再扮演被动和任人摆布的一方。

约翰娜的女儿安娜，像现在瑞典社会所有新一代的女性一样，通过妈妈和奶奶两代人的努力和争取，女权意识早已融合进骨子里、血液中，且在这条路上走得更远。我们也不妨把这部小说看成是瑞典女权主义崛起之路的"女权运动史"。在这方面，《汉娜的女儿们》功不可没。

也许直到现在，世界上有很多国家，还在为女儿的嫁妆而与亲家闹得脸红脖子粗，或者直到现在很多国家家庭遗产根本没有女儿的份儿。而早在1845年，瑞典议会就已经通过了给予妇女遗产继承权的《妇女继承权法案》。所以现今的瑞典议会中，女性议员的比例高达47%，高居欧洲之首。

在孩子两岁以前，妈妈会有每天200多克朗的"妈妈金"，以及480天的带薪育儿假。为了保证孩子在成长中父亲的陪伴，这480天假中必须有一部分是给爸爸的，也就是我们所说的奶爸假。对于"妈妈金"，有工作经验的会按工资比例来发放，得到的更多。像新移民那样没有工作经验的妈妈们，则最低限度亦如上所述，每天至少补贴200多克朗。

我的女儿出生于2006年8月，而那时作为新移民的我才刚刚踏上瑞典土地不久，别说去工作了，为了适应以后的生活得首先学习瑞典语，受到的都是免费教育。但作为新移民，除了我的"妈妈育儿补贴金"，孩子也享受着"宝宝牛奶金"的补助，直到她年满16岁。相对其他成千上万享受着这笔补助的孩子，我的女儿只是其中一例。

作为妈妈，如果是有工作的，育儿补贴会根据其工资收入的 80% 来核算，相当可观了。这也是为何很多瑞典女人会一拖再拖生孩子的期限，过了三十五六岁生孩子的大有人在。诚然，享受无拘无束没有孩子的自由生活是原因之一，但另外一个原因就是工作几年之后一旦育儿，就可享受高额的带薪育儿假。这笔账，即便是被丰厚的国家福利惯坏的瑞典男女们，也还是会算的。

除了 480 天的育儿假，父母们在孩子年满 8 岁以前，都有权申请将工作时间减少 25% 以内，以协调工作与育儿之间的平衡。此外，长达一年的带薪"爸爸假期"，爸爸们在孩子 6 岁以前，可以随便选择一年，尽享与孩子亲密相处、共度美好成长岁月。近年来，爸爸休育儿假成了几乎硬性的一个规定，为的就是避免孩子在婴幼儿期缺少爸爸的关爱。

因为有闻名遐迩的瑞典奶爸假，北欧爸爸是不会错过陪着孩子一起长大这个过程的。如果收入没有夫人高，那就刚好顺势在家带孩子。有的准奶爸，对于带孩子的生活，已经相当期望了。北欧男人相比个性张扬的北欧女人，性格较内敛含蓄。男友力不表现在女伴要什么都买买买，而后电脑或游戏机跟前一坐，家务活几乎跟他们绝缘，而是身体力行地和女人大到生活账单、小到带娃洗衣做饭，一起平分或在平均的基础上比女人付出更多一点。窃以为，这才是北欧人归根结底凡事 AA 的真正奥义。

AA 不仅是生活物资上的 AA，更是精神对等、尊重彼此生活意见和个人独处空间的 AA。后两项的 AA 的意义远大于止步于金钱上的 AA。

我的生活馆附近刚好有一个露天游乐场，每天早上上班时路过游乐场，带孩子的奶爸已经出动了。要么一手推婴儿车跑步，健身带娃两不误；要么几个奶爸相约，优哉游哉端着杯外卖咖啡坐在沙池边，看孩子们在沙池里玩沙玩得不亦乐乎；更别说陪孩子荡秋千，玩滑梯，温柔细致又爸爸力十足。

被北欧女权主义感化了的北欧男人晒出来的奶爸照，又酷又飒，一个一个都是标准的"贝克汉姆＋小七"组合。那绝对是：老婆你就负责风华绝代吧，孩子交给我！居家汉子的不二写照。

这是北欧国家从长远着眼的聪明之举，虽然妈妈爸爸们这么多假期看似消耗了工作资源，但是在双亲的共同陪伴下成长起来的孩子们，健全的人格与体格，以及早早养成的积极乐观的生活态度，将来无论从哪方面看，都是对社会有百利而无一害的。与其后来投入资金与精力纠正一棵长歪的小树，不如早早施以优厚的阳光雨露，使其茁壮成长，用正确的态度尽一己之力而奉献社会，这是社会福利制度与制度下的个人双赢的局面。

为何福利不养懒人——信誉与自律

> 瑞典强大的福利制度，一则靠国家经济模式的正常运转；二则靠无处不在的公信力。
>
> ——题记

　　如今每当人们提起北欧，想到的倒不是广袤的森林、岛屿与湖泊，而是为世人所知的福利制度、女权主义。

　　北欧人看重用钱买不到的一切，比如家庭亲情、伴侣、孩子、喜欢的工作、喜爱的宠物，等等。尽管宝贵，但这里面的任何一项，只能成为北欧人生命里的一部分，而不是全部。即便结了婚，北欧人依然需要有自己独处的时间。孩子也从来不是自己的全部或者唯一。对于北欧人来说，孩子是上帝的恩赐，是无价之宝，但更是朋友，是社会的一分子。每一个有生命的个体，都是独立的，在独立的基础上，再建立各种各样的纽带。

　　而建立起这一切纽带的前提，就是有成熟的社会人格和稳定的收入，即稳定的工作。虽然靠福利也能过活，但是北欧人与生俱来强烈的荣誉感不容许：北欧假日多，隔三岔五就来个小长假。在这些大大小小的假期中，除了仲夏节、圣诞节这样的大家族团圆的日子，其余小长假，要么一家人在湖边度假屋待着，要么和朋友们举办烧烤派对、户外徒步派对等各种聚会。

聚会话题无非集中在工作、家庭、行业发展前景、今年银行的贷款额度是不是增加了几个百分点等。如果你是吃福利的，那么这些话题基本就跟你无缘。

再者，北欧人注重孩子的社交。若是孩子的生日，尤其是小围兜十岁以前的生日，如果不按他们列的"嘉宾名单"约齐所有小伙伴，这生日就算白过。为此，许多游乐场推出了"生日派对场地出租"业务，跳床、猜谜，各种游戏不亦乐乎。坐在一边等待的大人必然会进行一番礼貌性社交，这时，谈谈家庭、工作、生活、出国旅行，这种万金油般的社会话题，对于一个游离于主流社会之外的吃福利的人，无疑是大型"社死"现场。

无论怎样，荣誉感还是依然处在道德层面，虽然处处被"社死"，但最为致命的还不是这些。最致命的，是公信力和社会体系的经济制约。北欧社会贷款普遍，上学贷款、买房贷款、买车贷款，小到买一副眼镜都要贷款。在北欧，没有工作，开不到收入证明、缴税证明，真的是寸步难行。

大部分北欧人，上大学时为生活费贷的款，几乎都是长期贷款，退休才能还完。这算是审查力度最宽松的一种贷款，只需要你的大学证明。除此之外的几乎所有贷款，都跟收入挂钩。银行要贷款给你，先要查看你的还款能力。靠领救济金生活？对不起，银行贷款验证不通过。

凡事归根溯源，必定有历史背后的成因。你一定会想知道，为什么北欧人愿意交那么高的税；其次，你才会想为何北欧福利制度不养懒人。

北欧五国中的瑞典，曾经历过一个曲折的过程。瑞典是第二次世界大战中的中立国，免受战火的摧残，由此保全了瑞典的工业，加上后来采取自由市场为导向的经济制度，商品及大量自然资源如木材、铁矿等出口到战后物资极其匮乏的欧洲国家，在重建中大大获利。这长达20年的经济迅速增长，使瑞典一跃成为北欧最富有的国家之一。

　　几乎每个国家在发展前进的道路上都有过"摸着石头过河"的时期，这是为国家发展所交的学费。瑞典亦不例外。20 世纪 50 年代至 70 年代，满血复活的经济促使瑞典政府趁势建设完善的福利国家制度。高收入、高税收、高福利的模式开始运作，甚至曾经为了缩减社会贫富分化，政府所制定的边际税率竟达到令人难以置信的 102%。所谓边际税率，指征税对象数额的增量中税额所占的比率。比如针对个人所得税，边际税率 102% 即意味着收入每增加 1 元，就要多交 1.02 元的税。所以边际税又称为负税，即赚得越多，交得越多甚至要倒贴。

　　许多人开始对不堪负担的边际税产生怨言，终于在 1976 年，由瑞典著名童话女作家、写下《长袜子皮皮》及《淘气包埃米尔》等著名作品的阿斯特丽德·林格伦（Astrid Lindgren）引爆。试想一下，如果你每月才挣 7000 元，交税就要 8000 元，出去工作了不挣钱反而要倒贴，是可忍孰不可忍！我们的林奶奶当时一怒，大笔一挥写出一篇讽刺小说，尖锐地抨击政府制定这种所谓"边际税"的愚蠢政策。这一行为无异于油锅点水——激起了瑞典全国的千层波浪，使瑞典政府及时惊醒，开始考虑调整税收及经济政策。

　　为了拯救国家经济，瑞典政府于 20 世纪 80 年代至 90 年代实施大规模的经济自由措施，具体到经济改革及自由化措施，减少税收及福利开支，废除行政垄断，减少管制，采取浮动汇率，公共服务亦允许私营企业参与其中。这一国策，为大多数瑞典人所接受和认可，并渐见成效。在"从褴褓到坟墓"政府包办一生中成长起来的瑞典人，因为体会到了这个社会模式给大家带来的福祉，所以不仅心甘情愿交上高额的税收以保证丰厚的福利，更情愿下一代继续享受这样的福祉，就这样被一代代地传承下来。

单看工作福利中的带薪病假以及福利育儿假，你就知道北欧人生活的方方面面，已经完全适应了这种经济模式的循环。比如带薪病假，瑞典病假工资一般相当于你正常工资的80%。

瑞典强大的福利制度，一则靠国家经济模式的正常运转；二则靠前面所说的无处不在的公信力。公信力涉及个人，即诚信。银行乐于贷款给每一个人，对于整个国家经济运转，是一个"一石二鸟"的制约，要还款，就必须工作，在一定程度上，保证了"福利社会不养懒人"。二是贷款保证了经济的流动，贷款制度就像一个池塘里放养的鲇鱼，"鲇鱼效应"最大的作用就是不断游动，激活整个池塘，保证活力。对于瑞典人来说，身上不背点贷款，那都不叫瑞典人。

北欧人聚会，根本不介意讲起自己的贷款额度，因为银行贷款的额度都是根据你的收入高低来设定。收入越高、工作年份越长，贷款额度越高。有时候，从一个人的贷款额度和其所处的行业，也能大约估算出其收入水平。而收入低或没收入的人，几乎贷不到款。北欧人的工资收入是保密的，大家很忌讳问这些，非常不礼貌。

而福利制度一直是北欧人引以为豪的，为了这个模式的运转，几乎每个北欧人都会自发自觉地维护它、推动它。这样的福利制度不但自己受益，而且惠及他人。

北欧的福利制度有多好？除了那些明显用在瑞典人身上的优厚福利，在移民身上的福利一样丰厚。2006年我刚来瑞典时，在语言班结识了一个来自斯里兰卡的移民同学。这位身为母亲的同学，带着脑瘫的15岁的儿子，她和丈夫来到瑞典时几乎一无所有：语言不通，儿子重度脑瘫根本不认得人，无行走能力必须坐轮椅，丈夫失业中。在这样的情况下，刚获得人口号，同学立刻毫无悬念地申请到了瑞典的生活福利补助。

过了两年，同学一家签证到期，该回国了。同学哭诉不愿离开瑞典，因为一旦回到生活匮乏的斯里兰卡，先不说她和老公的生活状态，儿子的医疗会立刻失去保障。这意味着像很多智障者一样，儿子会在斯里兰卡度过无所依靠、任人欺侮的一生，而且很有可能早天。然后，不出意料，同学苦难的申述打动了瑞典移民局，全家获得永久居留签证。

这还不算，像对待所有残障人士一样，政府还为同学的儿子安排了一个全天候的医护人员，这时，你就会看到瑞典福利背后的人性化制度。因为脑瘫的儿子只认同学一个人，为此政府安排同学去学了一年半护理。一毕业立刻聘同学成为她儿子的专有医护人员。这样一来，不仅解决了儿子的医疗看护，同学自己因为照顾儿子也算得到了一份稳定收入的工作，两全其美。

闲暇之余，大家聚在一起都感叹："就算不聘你，不给你分文，作为孩子的母亲，你也会尽职地好好照顾自己的孩子呀！"于是提到瑞典福利，就常常想到同学一家，便更想知道，到底是怎样一群人，在支撑着这样一个强大的福利系统运行下去！

北欧人身上体现的是：福利最好的地方，最具有维稳与求变的意识。只要有强大且透明的税收制度的支撑，北欧的福利制度就会一直坚持下去，虽然近年来由于全球经济不景气而有所下调，但北欧诸国仍然是地球上福利最为人所称道的国家。

开涮明星那只是小儿科的游戏，媒体大众更尖锐的批评矛头时常指向人民的公仆：政府。税收的第一含义乃是效率，第二层含义便是公平透明。

法律与社会舆论监督对于政府工作人员来说，简直是360度无死角。这方面，瑞典曾经的某女大臣就是活生生的例子，因为被揭露曾经偷逃半年的有线电视费用，舆论哗然，不仅依法补足所欠费用，而且被迫离职。

说来有趣，很多初来乍到的移民认为这里"看病不要钱"。但这要看是看什么病。瑞典每个区都有一个小型医院，或称门诊。通常当你感觉不舒服，就近去你所居住的小区门诊。门诊需要挂号费100~200克朗（相当于人民币150块钱左右）。进行简单的初步诊断后，如果需要进一步就医，门诊会负责联系安排你去大医院做正式的检查。除了门诊费之外，其余一切后面的检查诊断都是免费的。通常如果只是咳嗽或者腿疼等小毛病，医生会让你排队等。而这个等的过程是相当漫长的，我自己有过一次亲身体验。

刚到这里的第二年，可能是对花粉过敏，我咳嗽很厉害，简直像哮喘一样，说每晚咳至天明也不夸张。去医院看了，然后医生让等。这一等就半年，再接到复诊通知时，我基本上咳嗽已经好了——硬是我活生生咳好的！

这是通常头疼脑热的病，医院真的很怠慢。凡事有利有弊，这也是免费看病的弊端，不是伤筋动骨的大病，医院是不会白白让你花纳税人的钱的。但是对于孕妇、儿童和重症病人，这方面的医疗福利简直可说惊人的勤谨和到位！尤其重症病人，医院为之付出的包括手术、医药等各种高昂的费用，此时别说几十万，就是花费几百万，医院也会在所不惜，而患者无须支付任何费用。

虽然说是政府包办的一生，但那只限于生活的最低保障。为了有一个更为丰厚的晚年，出去工作是不二的选择，因为退休以后发放的退休金比例，都是以你曾经的工资为基础的。如果不去工作，以工资为基础的这些保障就会大大缩减。

再往下说，如果不去工作坐吃福利，交不上税，强大的福利制度就会崩盘。福利制度崩盘，富足的生活顿时没有着落，生活质量随之大打折扣，罪在自己，而祸及后代。这就是每个自律的北欧人的忧患意识。

何况每个自小接受良好教育的北欧人，即便制度容许，自己也难以接受有手有脚有大脑而不去工作在家坐吃福利的生活。因为北欧人深深懂得，人此一生，并非只为当一个"Soffpotatis"（沙发土豆，瑞典语俚语，指一无所用的家伙）而来。在强大的福利制度背后，你看见的是一群更强大的乐于挑战自己和不断创造生活奇迹的北欧人。也许探索研究真的是有钱有闲有想法的人干的事，北欧多发明创造，与其背后的靠山：丰厚的福利制度分不开！

福利制度像人生的试金石，又像一把双刃剑。这种制度下良好的教育造就了穷其一生不断进步与学习的北欧人，也造就了北欧精神：不惧改变，勇于探索未知领域。所以当你知道世界上第一张胎儿在子宫里的照片是瑞典人拍的，或者 2014 年的报道之世界首例子宫移植案例——这个在医学领域孜孜不倦探索而取得成功的医学团队，正出自笔者所在的城市瑞典哥德堡，那么瑞典人，乃至整个北欧人，在强大的福利制度支撑下，透过繁杂的生存表象，尊重生命赋予的一生，宁静淡泊却不虚度，热爱学习与探索未知，也就不足为奇了。

参与即权利：一张选票的分量

> 任何一届政府，只要永远把人民的利
> 益放在第一位，手里的牌就不会打得太烂。
>
> ——题记

"闷骚"的瑞典人民，大家可以漠视权力，却绝不会漠视自己手中选票所代表的公民选举的权利。

每年 6 月 6 日的国庆节是法定假日，也叫"红日子"（瑞典节假日都用红色数字来表示，所以节假日又被称为红日子）。好不容易挨过漫漫长冬，阳光明媚，大家开着车直奔夏日度假屋。直到 6 月中下旬的仲夏节，瑞典人民真正从冬眠中醒过来。此时，无论大人小孩，身着艳丽服装，头戴野草花环，一个个走出城市，走进自然，围着各色野花扎成的花柱，演奏着瑞典国宝乐器尼克赫帕琴（NYCKEHARPA），小青蛙舞跳得呱呱叫。

而在 2021 年 6 月 21 日，一年一度的瑞典仲夏节到来之际，有一个人却如履薄冰，这个人就是瑞典首相斯蒂芬·罗文（Stefan Löven）。焊工出身的首相罗文，实施了应对新建租房抬高租金的市场化措施，这成为压倒人们对首相能力的信任的最后一根稻草。最终，议会多党派在以 181 票对 109 票压倒性的投票中，同意罗文提前结束首相生涯下台。

由于欧洲诸国都存在的难民问题，北欧还是满转的北欧经济运行模式，

每年六月中旬盛大的仲夏节

但福利却在令人不易察觉的地方缩水。这里以接受难民最多的瑞典为首。虽然高收入、高税收、高福利模式不变，根基并未动摇，但在那些看不见的地方，一些从前比比皆是的福利取消了，比如提供给未满一岁半入托幼儿园的孩子们的"妈妈宝宝之家"，就已被取消。

在北欧，没有老人为子女带孩子一说，凡事都得新手爸妈亲力亲为。在妈妈宝宝之家，有专业保育员对新手父母进行心理疏导和社交鼓励，很好地缓解了新手爸妈因经验不足而产生的焦虑。在这里，新手妈妈可以带着宝宝，社交、练习，为孩子入托做准备。但维持这种场所费用的是政府开支，21世纪以来，政府慢慢取消了这种建于19世纪的新手父母"关爱之所"，直至现在几乎无迹可寻。

风起于青萍之末。

瑞典本来生育率低，这个看似小小的举措，带来的直接后果是未生育的伴侣对要孩子的评估更为慎重。如果没有人帮带孩子，很多伴侣为了维持有条不紊的高品质生活，会选择不要孩子或者到 40 岁才要第一胎。

如今罗文提出对于新建房提高租金的政策，无疑彻底动摇了人们对其的信任。瑞典房产受国家管控，限制人们的买房数量，以防止炒房现象发生。在瑞典，似乎租房或买房都可接受。因为买了房还是要交房租，而且租房人有优先权。很多楼房都是专门用于出租的，如果你拿到的是一手租房权，那么只要你不退租，这套房子你可以住一辈子。房东不可无故毁约，也不可私自涨房租。如果涨房租，也在国家房租参考范围内，不会太多。即便因此诉诸法律，大概率也是租客赢。当然租客也不得违反条令，私自转租，当二房东。如果租客自动退租或买了新房，应及时联系房东退租，否则视为违法。

大家都知道租房的好处，很多有孩子的家庭，在孩子上中学的时候就未雨绸缪，开始排队登记租房。到孩子年满十八岁搬出去住的时候，刚好有房可住。瑞典的房产市场，城市里的公寓尽管近年来房租一路飙升，但依然还在一个国家宏观管控的范围里。

但罗文政府的这个举措，虽然目前看只是提高租金，但是接下来，谁也不能预测房产市场的走向，尤其是租房市场化意味着租客可能不再受政府房屋租赁条例系统全方位的保护。如果不能保证租房的权益，则很多人会选择直接买房。而突然之间的购房热，无疑会扰乱现有房价市场的平衡，出现哄抬房价的现象。这种现象，无论是国家还是人民，都不愿见到。所以此政策一出台，忍无可忍的瑞典人民立刻以迅雷不及掩耳之势投票罢免了这位首相和其领导的内阁。这也是瑞典历史上首次以不信任票推翻当职首相及其政府。虽然这次终于又悬崖走钢丝般侥幸留任，但未来的大选就不知是否再有这般好运。

这就是北欧式的人人参政：虽然可能人们对国庆日无动于衷，却绝不会漠视自己手中选票所代表的公民选举的权利。这是高度的民主意识和对国家负责的主人翁态度，极少有人弃权。就拿上一届 2018 年来说，瑞典 1000 万的人口，有将近 700 万人参与投票，决定国家未来四年由哪个政党来执政、行使什么新政策。北欧人怠慢国庆日，很少高唱爱国歌曲，却都珍视自己的选举权，因为新的执政党关系着未来的生活质量，与生活息息相关。

瑞典实行多党制，诸如瑞典社会民主工人党、温和联合党、基督教民主党、自由民主党等，这种政党格局已形成半个多世纪。每四年一次的大选，是瑞典举国关注的一件事。无论在电车上、家里，甚至酒吧里，都会听到大家讨论各党执政方针利弊会给生活带来的影响，比如税收的增高等。但讨论归讨论，你若问对方：决定好投哪个党了吗？即便是最好的通常无话不谈的朋友，此时可能也不会直白地告诉你要投哪个党，顶多会保守地告诉你："还未决定好，在考虑。"

当年，我踏上瑞典的国土不久，就作为旁观者或者叫选票见习生，经历了一场瑞典大选。瑞典选举深入人民生活，在学校，每次的大选，孩子们虽然未满 18 岁没有选举权，但可预先见习，在老师的引导下有模有样地模拟见习，为自己心仪和赞同的党投下一票。再大一点的时候，甚至可以见习地区小规模投票，比如选区长。当时孩子爸爸大熊去投票，也领我见识了瑞典公民如何投选票。

投票点设在每个生活集聚区，走几步路就到了。沿路各个政党的宣传画报比比皆是，口号无非从提高人民生活质量、税收、教育、医疗等方面陈述自己的政治主张。

来投票的人不多，穿政府制服的工作人员接待了我们。顺大厅一溜乃各个政党的选票表格，大家排队进入大厅。你选哪个，就拿哪个政党的表格。

有趣的是很多人哗啦啦拿了一大堆表格，几乎每个党的表格都拿了，其实只选一个。我问大熊这是何故。

"为了迷惑人呗！"夫君答。这话当时听得云里雾里的，后来懂了，原来投票给谁是秘密的，只要自己知道就好。甚至夫妻间也不可泄密，就怕两口子选的政党不一样，意见不合打起来，影响家庭稳定团结。虽然是玩笑话，夫妻间投票确实是不带商量的，自己做主。这也在一定程度上反映了瑞典人骨子里的独立性。即便是夫妻，也有各自的思想空间、生活空间，对方"非请勿入"。

选票大厅里呈半圆形布置着几个表格填写点，用帘子挡着，投票者单个儿进去填选票。我识趣地在外面椅子上等。那次的大选经过票数几近相同的角逐，终于尘埃落定：由温和党、人民党、基督教民主党和中心党共四党组成的右翼联盟获得连任。

提起高福利，很多人只窥一斑，总是认为高福利制度获得了真正的"无产阶级"和懒人的选票支持。话有三分道理，但是一般人看不到的真相是：正是交纳高税的中产阶级在支持福利制度中起了关键作用。几十年中，瑞典的中产阶级一直缴纳高额税金，为了换取更高的退休金，使孩子受到有质量的教育，并获得有效率的医疗。在交完税之后，他们的积蓄已经所剩无几，没有多余的钱购买私人保险。

这种制度，即个人与社会缔结的一个长期合约，任何有关减税的美丽承诺，都不能中止这个合约。由于中产阶级已经付出了高额的税款，他们认为自己有权享受福利制度的回报，这个制度就必须继续下去。

瑞典前首相林费尔德，这位当时40岁出头的年轻首相，其成长经历几乎和我家夫君以及千千万万那一代正当盛年的人的生活轨迹如出一辙：成长时期正是社民党的福利社会大发展的时期。作为这个制度的受益者，林费尔德从一出生就享受儿童津贴，中小学时期享受免费教育、免费巴士和免费午餐，读大学时享受学习津贴。

尽管从父母的创业过程中，林费尔德看到高税收制度下企业家的艰难，因此参加右派党。但经过长期在野和很多次选举失败后，右派党终于认识到：福利制度在瑞典，几乎是一个神圣不可侵犯的领域，社民党的政策是大多数选民所拥护的，凡是想要赢得选举的政党都不能挑战这一政策。右派党因此停止了不聪明的做法，于是，这次选举成为围绕社会民主主义政策的一次竞赛，左右双方较量的中心是：看谁能给人民带来更多的福祉。

一些从索马里、伊拉克等战乱国家来瑞典的大批难民，几乎一无所有。瑞典政府为其免费提供包括住宿、生活所需以及孩子教育、医疗等一切费用。接受难民，热情慷慨地帮助需要帮助的人，显示出瑞典这个多元化国家善良、公允和人民从善如流的一面，但也不排除充斥其中不友好的反对之声，比如以瑞典民主党为代表的一小部分。

正是这一小部分，日后成了每次瑞典两大联合党派谁上谁下的筹码。罗文政府屡次的不被信任，提出的国家财政预算均由于瑞典民主党的搅局遭到否决。预算未通过表决，意味着政府工作压力重重。如今，政府又面临首相罗文被弹劾下台，虽然这一次又化险为夷，但下次的大选中，这位屡次被弹劾的首相，还会这么幸运吗？虽然党派之间你方唱罢我登台，但人民群众的公信力和处事原则态度，却如中流砥柱般稳稳把握着国家命运的走向。

北欧国家崇尚诚信，因为就像我们经常说的一个道理：当你说了一个谎，你就不得不撒更多的谎去圆这个谎。在北欧人这里，破坏了一个规则，就不得不搭上更多的规则去弥补这个规则，所以还不如不破坏规则。比如每月的各种账单或罚单，都写着缴纳的限定日期，全靠你的责任心和自觉性。迟交或拒交，没人来催你，但延迟罚单自会一张张来，一张张累计，本来是罚四百的事，结果可能是四千甚至四万。所以，终止这个恶性循环的最好方法，就是按规则做事，立即将罚款和延迟金交齐。

久而久之，北欧人便养成了这种凡事按规则来的习惯，甚至在人看不见的地方，甚至在"不必要"的时候。比如曾在市区发生了一起恶性事件，一个被遣送却不愿离开的难民不法分子，为了报复，驾驶大卡车冲向行人。当日有死有伤，且发生在闹市区，引起民众极大恐慌。警车当即封锁了公路，但即便如此，撤离时，瑞典人还是照样排队，井然有序走人行道，绝不慌不择路。到了过被封锁的马路时，还是要看红绿灯，绿灯亮了才通行。外人看了未免觉得"傻"，在被封锁的没有车辆来往的马路上看红绿灯有何意义？

这就是瑞典人要讲的规则，就是所谓的深入骨髓的"笨拙精神"。反观之，也正是因为这种笨拙精神，大家做事少走了好多弯路，极大地节省了时间和精力，也成全了无论何种状态下自我约束的井然有序的社会。

当时这个新闻的细节深深震撼了我。如果把突发事件的不稳定性比作四年一换的政府，那么红绿灯就是瑞典人心里的生活准则：不管怎样变换，规则永远是人们心里的一把尺子。就像一棵疾风中的大树，树冠怎样摇摆，但扎在大地深处的根，是至深至稳的。

所以，任何一届政府，只要永远把人民的利益放在第一位，手里的牌就不会打得太烂。

就业就像挑伴侣，失业不可怕

> 除非天生就知道自己想要什么，否则还是多学习、多实习。不要好高骛远。在职业规划的引导下，最终找准自己的未来职业方向。
>
> ——题记

　　第一次见到在学校里做打扫的这个个子高挑的瑞典金发美女安娜时，我惊呆了。其时安娜高中刚毕业，还没打算上大学，也就是正在所谓高中毕业后的空当期。在中国，凭这年龄身材长相，随便做个嫩模月赚几万不成问题啊！可是，这个美女，是在做清洁工。好奇之下，我问她为什么做如此选择。

　　"为什么不呢？"她热情开朗地和来来往往的学生打招呼，"这个工作的时间很适合我，早上7点上班，下午3点下班。然后有几乎一整天的时间可以由我支配，做我喜欢的事情，我觉得很适合我！"我当时无语。可是十多年后，我自己开了生活馆，雇了比安娜还要高挑、还要漂亮的哥德堡大学音乐学院的高才生、同为瑞典女孩的温德拉来我的店里做打工小妹。我想，假以时日，我当年不会问漂漂亮亮的安娜为什么愿意去学校里做清洁工。因为当一个人知道自己要的是什么，为了远方，她是不会介意脚下是鲜花还是泥泞，是光鲜还是渺小——眼下走过的每一步，都是达成理想的基石。

再见安娜，是在几年后的北京瑞典使馆。度过了两个空当年，她方选择开始大学生活。毕业后，她用积极乐观的态度，找到了瑞典使馆驻北京签证处的一份工作。以为她会就此稳定下来，谁知不然，她告诉我计划几年后辞掉工作去西班牙住几年，而最大的理由就是她喜欢西班牙的舞蹈。

话说回来，这个美女虽然高中才毕业，但在瑞典年龄对工资的影响不大，不会论资排辈，不论工作还是收入主要看能力。就拿我熟悉的教育行业来说，通常一名任课教师在学校会担任至少两门课的教学。如果按小时来算，一小时按三个小时计算报酬。就是说教课一小时，但是学校会付三小时的报酬，多出的两个小时算备课费。这样的话，你教了两门课3个小时（每门课一个半小时），就相当于上了一个八小时的全天班。在瑞典一名代课老师的工资是2.8万至3万克朗，除去税金，能拿到2万至2.3万克朗。这个行业的收入中等略低，但也许能作为瑞典各行业收入的一个比较点。

所以总体来说瑞典的税后工资，高科技领域的在5万克朗左右；清洁护理等工作，在1.8万克朗左右。因为国家有意识平衡大家的收入，不至于出现两极分化，所以虽然各行各业收入略有差别，但总体还是处于平均水平。

说句题外话，唯如此，北欧人的心境才难得地如此平和，当个人收入不再成为奋斗与论输赢的目标之后，人们会静下心来做一些其他的事。在北欧，人们个性中的特质被发挥得淋漓尽致。但凡做事开头，必问一句：

"这是我想要的吗？"不论工作、学习、宗教信仰，甚至男女朋友的选择。比如婚姻，我们有句话，谈对象选伴侣讲究"门当户对"。

外国人谈论婚姻也讲究"门当户对"，而这个门当户对讲究的是两人之间"小宇宙"的兴趣爱好、个人修养与性格上合拍与否。就连王室的婚姻现在也讲究两个人"小宇宙"之间的和谐与合拍。看对了眼，公主也可以嫁给街头健身房的教练。

良好的体制，不仅保证了收入稳定的中产阶级的利益，也保护了低收入人群的权益。比如每年瑞典浆果、蘑菇成熟，都需要雇人去森林里采摘。这些工作以前是瑞典需要钱的大学生和年轻人去做，后来由泰国、菲律宾等国的人垄断，每年夏天这些雇主会专门从其他国家组织人通过职业中介进入瑞典采摘。为了防止剥削与压榨，瑞典制定出浆果、蘑菇采摘工人的最低收入为 1.6 万克朗／月，低于此收入算雇主违法。

事不在大小，兴趣第一。既然各行各业收入差别不大，以兴趣为第一选择就成了就业的最低标准。北欧各国也鼓励人们去大胆尝试不同的工作，以找准未来的职业定位。政府提供大量实习机会的措施，保证了大家在尝试不同领域的时候，还有一定量的经济收入。这个措施，就是职业规划措施。除非那些天生就知道自己想要什么，而且坚持不懈努力去达到的极有目标感的人，否则还是多学习、多实习，在职业规划措施的帮助下，最终找准自己的未来职业之路。

所谓职业规划措施，在感性方面，每个大大小小的职业学校和大学，都有职业规划师，你随时可以和规划师沟通，探讨你对未来职业的设想。规划师不仅帮助你解惑，还积极帮助你联系感兴趣职业领域的实习单位，让你去真实体验一下。

除了规划师，政府还进行经济支持，这一点在移民身上体现尤为明显，初来乍到、语言不通的移民，也许可能曾经有丰富的工作经验，却受限于语言和文化。为了帮助其尽快就业，政府针对这些移民尤其是新移民，制订出 Steg1、Steg2 的就业计划，也就是逐步代入法。Steg 在瑞典语中是"步法"的意思，亦即政府帮助你一步步成长。

这些初来乍到的移民，只要手里有永久居留许可，就可享受 Steg1、Steg2 就业计划。具体就是就业中心或你自己联系到愿意接受你的单位，然后如果你的工资是 2 万克朗／月，政府会帮你出其中的 3/4 即 1.5 万克朗，用人单位只要出 5000 克朗即可。这样优厚的条件，没有几家单位不愿意接受。话说我的一个朋友，到瑞典还不到一年，因为她本人既勤快能干又享受着这个就业帮助项目，很快在一家中餐厅拿到了固定工作的合同。因此，需求与供应市场达到双赢局面，既解决了人才就业，又解决了市场需求。这个就业扶助政策的期限通常是两年。

有就业，就有失业。以前一直以为失业、下岗是绝对的贬义，但是到了北欧，才知道失业只是代表新选择的开始。我接触的北欧男女老少，都不惧说失业。如果失业了怎么办？再找呗。找不到自己喜欢的工作呢？那就去学习吧，学习一门以前一直希望却没机会从事的新职业。比如瑞典，自从约 50 年前取消了会考，进大学简直就和出门买菜一样方便。所以很多瑞典人穷其一生都在工作、学习，学习、工作。

据统计，一个北欧人，一生至少要换两到三次工作甚至行业。

当然谁也不愿意轻易失业，北欧人也一样。如果存款不丰的话，这预示着生活质量至少短期内会打折扣。但是别忘了北欧强大的福利制度。丹麦这方面有一个"灵活安全系统"（Flexicurity system），即劳动市场，像美国那样灵活，企业裁员相对容易。在这个灵活系统的支持下，被裁员工有着安全的社会保障网，用政府的钱鼓励再培训再就业。结果，每年30%的人都会更换工作。而80%的员工则是工会会员，工会帮助经营失业保险和督促失业人员再培训。

瑞典也有类似的制度。瑞典制度的设计宗旨之一就是在人们的整个生命过程中支持他（她）——即使他（她）已经失业。如果你失业，并且已经参加了失业保险，你就有权获得失业补助，补助金额取决于你先前的工作报酬。但是，参加失业保险是你自己的责任。工作时，你需要出钱参加失业保险（arbetslö shetskassa or a-kassa），这就保证一旦你失业就有失业补助可拿。

失业保险计划是由工会管理的，但雇员必须自己另外申请此种保险。你所应交保险金和应得补助取决于你的工作领域和你所选择的保险计划。瑞典的失业保险计划比较慷慨，但这一保险是为了支付你找新工作的生活开支而设的。事实上，你必须积极找新工作且愿意申请由公共就业局(Arbetsförmedlingen) 推荐的工作才有资格获得失业保险。一旦你证明你自己是在积极地找工作，你就可以申请失业保险补助。因为这一补助被限制在一非常基本的水平上，你最好参加工会，工会可以提供额外的与你先前工资水平更匹配的保险。无论你选择何项保险，你享受失业保险的时间是有限制的。你所领的钱也与正常工作报酬一样，是要交税的。

就业中心也好，工会也好，这些都是外因，真正能成事的还是内因，即所谓面对生活的勇气和态度。当年我刚空降瑞典，环游北欧，感触最深的一道风景就是北欧人看书之风甚盛。在飞机上、火车上、电车上、轮船上，在夏日的草坪上、冬日的咖啡馆里，处处留下人们岁月静好的阅读场景。

一杯咖啡、一本书，便是绝大部分北欧人休闲的方式。就连去赴约，也不忘口袋里塞一本书。因此北欧的很多书都是轻型纸，便于携带，行李中不占分量，此中尤以瑞典为最；你也可以说，这是一个全民阅读的社会。

音乐和阅读外加旅行，消磨了瑞典人大部分的时间。所以如果说北欧人具有穷其一生的学习精神，就不足为奇了。

第二章

根植于内心的修养

创意、能力和自信使生活充满张力

> 北欧协会的意义是，不仅活跃了人们
> 的生活，也使不同民族文化背景下的移民
> 们有了一种归属感。
>
> —— 题记

2020年初，我的小说《唯有爱与勇气让你前行》出版。写小说伊始，希望这个小说可以拍成电影，因此在创作时增加了跌宕起伏、适合拍成电影的构思和情节。但疫情骤起，席卷全球，使一切事情变得不可预知。

后来有一天，我站在小说里女主经常去的哥德堡山顶教堂，望着远处深水静流的穿城而过的约塔河，忽而灵机一动：此情此景浑然天成，书里百分之九十的场景都在北欧，在瑞典。小说里一大半大人物都是北欧人，我又认识那么多有才有貌的人，那么，为什么不可以尝试自己在北欧拍这部电影？

就是这一个想法，有了时至今日的唯爱电影剧组。摄影导演是拍过几部电影、参加过电影节获过奖、作品在电影院线上映的瑞典导演。我负责电影剧本的改编与创作，而最难能可贵的是，所有参与其中的人，无论瑞典人还是生活在海外的华人们，大家都秉承"零资剧组"的理念，来参加不为钱，只为一份乐趣和兴趣。而且我们都约定，电影是讲人，尤其是女性，在不同的困境中成长的故事。未来电影如果有收益，我们至少会拿出足够

的钱建立公益基金，以资助那些失学的孩子，尤其是女孩。

很幸运我的想法落了地，并正在实行。但这样的想法并非空穴来风，而是建立在遍地开花的、五花八门的来自政府对民间团体活动的支持上。针对像我们剧组这样的个人独立电影制作，只要符合规定，都能申请来自政府文化项目的资金补助，几万到几十万不等。这里有各种各样的协会，比如妇女儿童协会、摄影协会、移民文化协会等等。只要是官方注册的活动，都可申请政府场地或资金的支持。

有一次路过市立图书馆，看到里面宽敞明亮的展厅正在布置画展，询问这样的大展厅租金如何。北欧这边如果以私人名义租房子来做一天活动，价格贵得离谱。比如去年公司要租一个教育机构的教室用一天，结果告知价格是 4 小时 2000 克朗。当得知是以协会名义租，他给出了一个价格，活动一天的费用不到 1000 克朗，要知道这是足球场那么大的展厅啊！不禁暗自惊奇，怎么协会的待遇就这么好！但是实实在在的，这就是北欧社会对多元化的协会活动的支持，无论从精神上还是财力上。

一个有点想法又勇于去实现的人，这样的性格，在其他一些地方也许是容易碰壁的，因为其不合群的性格，会遭到大多数人的排斥和反感。所以在我们以和为贵、崇尚中庸之道的民族历史长河里，三国魏人李康在其《运命论》里早大发感慨："木秀于林，风必摧之；堆出于岸，流必湍之；行高于人，众必非之。"

而在北欧诸国，则提倡疏导、释放，独乐乐不如众乐乐。政府不单鼓励各种有思想、有才干的志同道合者组成协会，充分发挥其特长，还在物质上给予最大限度的支持。通过温和有序的引导与支持，终于造就今日协会百花齐放的局面。

充满个性的汽车装饰

　　活跃的协会像一个个活力细胞，使北欧社会充满生活的张力。良好的协会运作模式，也像黏合剂，让人们既表达了想法，又证明了其价值。这里面有就职于斯德哥尔摩皇家芭蕾舞剧团的顶级华人芭蕾舞者、极具专业性的广播主持人，也有跻身瑞典国家乒乓球队的一线球员；有热爱中国传统文化的古筝古琴爱好者，也有一身功夫名扬海外的僧侣。

　　我所在的海港城市哥德堡，因其工业城市的魅力，成了移民的聚居地。除了人数尚不算多的华人、泰国人、越南人、日本人等，更大部分是从叙利亚、伊朗、伊拉克等中东等国家来的移民。从中东地区来的移民，又以战乱国家的难民为多。为了使不同族裔的人和平稳定地生活下去，协会在此时就彰显了其无比强大的黏合作用。整个哥德堡，大大小小的协会竟有上百个。

2008 年，喜爱中国文化的我建立了 KSKF 哥德堡中国文化协会，主要活动内容以推广和发扬中国传统文化，如汉语语言及文化、书法、太极、工夫茶、戏曲等为主；并在哥德堡约塔河边一家有名的各国语言林立的语言咖啡厅，开办了那里所空缺的汉语文化沙龙。汉语文化沙龙也得到了哥德堡领事馆的支持，为沙龙提供标志着汉语语言的中国国旗、侨办（侨务办公室）出的汉语语言及文化读本。创办伊始我亲自坐镇，每周三担任主持，和来自不同国家的对汉语或者中国文化感兴趣的爱好者探讨学习汉语文化。后来，哥德堡留学生和这里土生土长的华裔年轻人加入沙龙，并在 FACAEBOOK 上建立起"中文桌"的组织。汉语文化沙龙活跃至今。

北欧诸国，工会、雇主协会、商会等民间组织发达活跃，它们虽然不是政府组织，但能够对公共决策产生重要影响。协会主要由保护妇女儿童协会、文化艺术协会、商会、同乡会、联谊会等林林总总的名目构成，都属于民间公益组织。

如果一个协会人数达到一定规模，比如 50 个人以上，就可以向政府申请月租很少或者完全免费的固定场地使用。举行大型活动，比如文化节的时候，还可以向政府申请补贴，补贴视活动规模大小而定，从几千克朗到几十万克朗不等。北欧的租房价格，通常一个两室一厅，每月至少三五千克朗房租。但是给协会的场地，因为考虑到活动人数及场地，通常都是整个一层楼，或与此等同的面积，且是免费。所以有时总想到北欧人的"舍得"二字。

轻物质，重思想，不仅是北欧人的人生态度境界，也是整个社会的映射。要说北欧条件最好的公共设施，一个是幼儿园，一个是学校，再就是城市博物馆和图书馆。闹市中的一幢百年豪华公寓，尤其是以前有钱人捐赠的那种，如果独幢别院又恰巧在一楼，都会被改造成幼儿园，毫无悬念。

我做幼儿园老师兼职期间，接触过哥德堡市中心大大小小的幼儿园（因为选的是市中心兼职中心），其中不少幼儿园，都是这种别墅加大院子改造而成的。私人买这种别墅通常千万起价，昂贵的价格有难度。为了教育，也为了压制有钱人的做派（即使有钱，也不是什么都能买的），这种别墅统统规划到教育机构或福利中心做公共用途。

国家的文明程度，也体现在对待女人和孩子的态度上。在北欧，妇女儿童协会及青年协会会分外得到重视。比如青年协会，在这个青年协会里，只要每个会员的年龄在 26 岁以下，在协会成立之初，都会按人头得到 800 克朗的补助，用于协会运作。

凡到过北欧的人，都戏谑地称北欧生活是"好山好水好寂寞"。大大小小的协会活动，不仅打发了北欧漫长的冬日，为人们的生活装点了无尽的情趣，也为一个又一个才华横溢的人提供了展示其价值的舞台。北欧业余休闲生活确实比较闷，没有 KTV，没有林林总总的娱乐场所。周末大家最好的去处就是咖啡馆和酒吧，除此之外无他。尤其在漫长的从 10 月到次年 3 月这段"幽冷黑暗"时期，不出去会会朋友，参加点协会活动，简直会闷死。

移居瑞典的华人精英不少，身边认识的人，动不动就是"潜伏"民间的前中央芭蕾舞团演员，或者出身数学世家，抑或书法家、画家、专业戏剧票友。协会活动平时娱乐一下，遇到重大场合，比如中国国家领导人来访，中外首脑济济一堂，艺术团代表海外侨团一表演，艺惊四座，也算给咱华人平添三分自豪。

　　在瑞典人自己的协会组织里，和中国文化有联系的最恒定持久的可算瑞中协会，这个协会主要由瑞典人创办，意义就在于在瑞典与中国之间搭起一座文化的桥梁。这个协会还有杂志，刊登一些中国文化历史典故、风俗民情与时事，是很多瑞典人了解中国的小窗口。

　　北欧的协会活动，不仅活跃了人们的生活，也使不同民族文化背景下的移民们有了一种归属感和传播本民族文化的使命感。即使移居异国的人们，亦可通过协会这样的方式将本民族文化传承下去。从这一点，又可见北欧社会多元文化形态开放之一斑。

书与咖啡——一个人的社交

> 自己独处时感觉世界很喧嚣躁动，一旦带本书到咖啡馆，世界立刻安静了！在热闹的场合干自己的事，不为交友，不为赶热闹，就为在人群中的一份存在感。
>
> —— 题记

在瑞典，可以这么说，至少有三分之一的人都过着单身的日子，而且享受其中！

回到家里，那些有家庭的、宣称很忙、已有计划的瑞典人，除了与家庭成员的交流时间，有三分之一的时间一定是自己的。窝在沙发里看书也好，在线观看电竞比赛也好，打电玩也好，上网冲浪也好，与朋友煲电话粥也好，或者什么也不做，只是陷在沙发里对着电视频道发呆也好。这些对于一般的有家庭的瑞典人，都是舒适的常态。

家对于瑞典人来说，哪怕儿女两三个，一天之中一定会有一段只属于自己的时间，最大程度放空自己，做做只有自己喜欢的事。这时候，谁都不可以打扰，哪怕是亲爱的另一半，哪怕是至爱的孩子，也不行！这就是瑞典人在自我与家庭之间的平衡！而且有时候，妻子要求的自我空间，比丈夫更甚。

　　瑞典人从出生就习惯于独处，刚出生的小宝宝，断奶后就可以在自己的房间里独睡，一直到成年。所以北欧人对独处和自我空间的要求，是习惯使然，也是性格使然。若你和一个北欧人恋爱，两人能共居一室，不尴尬地独处时，你们的关系才算稳定，也才算迈着小步走进了彼此的生活。若一个北欧人和你在一起，时时谨慎地照顾你的情绪和需求，那你们的关系还是摇摇欲坠的，因为你们之间还隔着一个自在独处的距离。

书与咖啡：一个人的社交

有距离地相爱，是瑞典家庭的理论核心。瑞典人强调个人空间，并不是意欲行不轨之事，只是要一些时间来完成日积月累的自我精神体系的构筑。完善的自我精神体系，不仅有益于自己、有益于他人，也有益于家庭、有益于整个社会。一个有精神内涵的、常常自我探索与反省的人，才有控制自我情绪的能力、做事专注的能力、成熟地爱一个人的能力，以及对整个家庭和社会负责的能力。

北欧人排外吗？这是每一个关注北欧生活的人所提出的质疑。有的人认为北欧人受常年寒冷环境的影响，连性格也变得冰冷孤僻，很难真正做朋友。与北欧人交往，往往仅是一杯咖啡的距离。

果真如此吗？参加过几次不同的聚会酒会以后，大大改变了我的想法。究其原因，还在谈资的问题上。我们中国人自己都说："话不投机半句多。"连同居或者婚姻中的伴侣，如果没有共同语言，北欧人都会立刻分道扬镳。何况一个半道上初次相逢认识的朋友？北欧人认为与跟自己谈不拢的人交往只是对时间的浪费，很难建立真正的友谊。

书以及从书中获得的渊博知识，是北欧人际交往的最好媒介。即便是萍水相逢的两个人，刚好谈论的书两人都看过，由此延伸的思考和讨论，足足能让两人兴奋一阵子。而我们感到难于和北欧人交往的真正原因，是我们的阅读量远低于对方，故缺乏可以与之交往的谈资。对付外国人，我们最拿手的武器是美食，火锅、饺子一出，天下无敌。但再好吃的美食，每次都吃也难免乏味。反之，由阅读建立起来的自我认知、与双方文化的融入、对人生的思考、对事物的看法，以及价值观的认同，才能促成两情相悦、持之以恒、甘之如饴的跨国界交往。

再没有一个民族像北欧诸国人民这样，如此热爱阅读的了，他们是全民阅读的民族！电车上、火车上、飞机上、候机厅，以及各种候车厅，或者排队的时候，甚至等朋友的间隙，大家都会随手从包里或者裤兜里掏出一本书，几乎是立刻进入阅读状态。更别说春日里的草坪、夏日里的海边、暖暖咖啡气息缭绕的咖啡馆世界！看一个国家的文化底蕴，博物馆、美术馆和图书馆是最好的参照。在北欧，大大小小林立于每个城市的此"三馆"极大地满足了好书之人。比如芬兰，并不大的一个国家，却有近千个公共图书馆以及流动图书馆，分布于全国大大小小的城镇。

像其他北欧人一样，绝大多数的芬兰人经常光顾图书馆。也可以说书简直成了沉默寡言的芬兰人不可或缺的精神伴侣！而根据联合国教科文组织最新统计，北欧的人均读书量是一年 24 本，相当于一个月两本书。

实际上在北欧，个体阅读量已经明显大于这个数字。见缝插针的阅读率性而惬意，不拘于环境，不拘于场所，阅读已经是北欧人生活中信手拈来的习惯。所以北欧最流行的书，是纸质轻巧、排版压缩、便于携带的口袋书。于是商场里卖得最俏的男士休闲裤，则是膝盖部有足够大的口袋可以装下一本书的那种。

走出去社交，是北欧人生活的理念之一。而书和书中的知识，就是最好的媒介。大街小巷林立的咖啡馆正是最好的证明。北欧人每家都有咖啡机，除了最简单的滴漏式、液压式，还有高端的现磨咖啡机，可以煮出各式咖啡诸如卡布奇诺、拿铁等。你说要喝咖啡，在家里煮一杯咖啡足矣，却为何还要跑到咖啡馆去消遣？因为那里就像我们从前的茶馆一样，是一个社交的世界。

而对于北欧人来说，最典型的社交，却是"一个人的社交"。此意何解？北欧人泡咖啡馆的方式多种多样，约朋友去畅聊是一种，像《哈利·波特》

之母 J.K.罗琳发迹之前那样，带着稿纸或电脑去创作的又是一种。而更多的一类人，则只是为了一份在人群中的感觉。这类人家里有的是空间，却往往偏要携一本书，在人来人往的咖啡馆求得一份"清净"。

这种人非常能代表北欧人中"沉默的大多数"，读书堪称"心灵的阅读"。自己独处时感觉世界很喧嚣躁动，一旦带本书到咖啡馆，世界立刻安静了！在热闹的场合干自己的事，不为交友，不为赶热闹，就为在人群中的一份存在感。有了这份存在感，和一本读来甚是愉悦的书，对于北欧人来说，足矣！一本书、一杯咖啡、一个桌旁阅读的自己，再加上咖啡的气息和低低流淌的音乐，完美！这就是北欧人骨子里狂爱的、沦陷在人群中的"一个人的社交"。所以那些尤其爱独来独往的"精神洁癖者"，一天不到咖啡馆小坐一下，必定怅然，如有所失。为了这群人，体贴之至的咖啡馆周末一大清早就会搭配好各式美味早餐，煮好咖啡，等着发型凌乱、睡眼惺忪的客人们用一杯咖啡叫醒自己。

北欧人阅读的内容，天文、地理、哲学、历史、音乐、艺术，以及感人至深、引发人生思考的各种小说等等，五花八门、无所不包，而在这里面是绝对不会包括为了升职加薪、为自己充电而必须要学的专业技术书。如果让北欧人把学习工作中的压力带到业余生活中，还不如杀了他们。对北欧人来说，生活，是为了来享受的。学习，那是学校中的事。而一旦需要学习，北欧人随时会投身学校，专注地学习几年，毫不含糊。所以千万不要小看北欧人的学习能力，他们几乎一生都从未离开过书籍。

阅读是一种生活态度，也是一种习惯。由此延伸起来的北欧人的聊天内容，若没看过几本书，真的挺难走进北欧人的社交圈。这种特质很明显地表现在北欧人的另一个流行社交场所：酒会。这时候你会突然发现，一向沉默的北欧人端起酒杯是那么健谈，歌剧院的中场休息，围绕着本歌剧展开的音乐及古往今来音乐家的讨论，你不懂那么几个，谈话简直不能进行下去。而这也绝非北欧人故意地为难，这只是北欧人生活素养的一部分，长年累月阅读的积累，已经深深潜入北欧人生活的方方面面。

北欧有一句俗语："每一个人都是从孩子长大的。"意思有两层：你不是天生就什么都会；你不是从来都不会犯任何错误。我们几乎每天都在经历着新的事情，几乎每件事情都像一个孩子的成长、春夏秋冬的轮回、一朵花从绽放到凋落，其中必然经历了萌芽、求知、体验、深刻、反省、了然这些不可或缺的程序。在佛教里，称之为因果，凡事有因才有果。反观北欧人的读书意识，追根溯源，大多数源自孩童时代和父母的床头阅读时光。

睡前阅读不是什么个别案例，这是融于北欧家庭亲子教育里的一项必修课。睡觉前的半小时，孩子们小猫一样偎依着妈妈或者爸爸，在温暖的台灯下阅读，看看书、讲讲故事。无论对于孩子还是父母，都是孩子成长过程中难以磨灭的宝贵记忆。这床头的半小时阅读，不仅培养出了一个爱读书、善读书的民族，也激发有潜力的父母们写出了一部又一部的儿童经典。比如作为瑞典儿童文学经典的《长袜子皮皮》《淘气包埃米尔》等，正是林格伦当时在床前灯下为女儿读书讲故事时，激发出的写作灵感。

当年做医生的妈妈相女婿时，一眼看到未来女婿家里小图书馆一样的书墙，就满心满眼喜欢。此后还不断对我感叹：你嫁的这个人，我最喜欢的就是他的爱读书！据夫君回忆幼年时只要风趣幽默的祖母来访，睡前伴读的重任一定要指定祖母担任，因为这样祖母骄纵着"可以多读一会儿书"。

这个传统也在小女熊仔身上得以传承，每晚临睡前，夫君都要陪小熊仔读书。而轮到我伴读的时候，还额外多了一个任务：且读且画。这样对小熊仔来说，满眼的汉字才不至于太难懂。为了有趣，还时常将她编进故事里。小熊仔 8 岁时，就已经能看完厚厚的四本少儿阅读版《哈利·波特》。

除了家庭的阅读时光，学校里也是步步跟进。每隔一段时间会来个"读书会"，让小朋友们讲讲自己近期看的有意思的书。这个活动从小围兜们的幼儿园时代已经开始，儿童读物丰富多彩，有时甚至一页就一句话，几句话就是一个故事，配上色彩浓厚的插图，很能击中孩子们的心。随着年龄的增长，书慢慢增厚，故事慢慢变长。到了学校，开始学习语言、算术、自然等基础课，但阅读依然是重要的一项内容。老师鼓励大家阅读，会定期发放"读书记录表"给大家。比如近期你读了什么书、每天的进展如何、读到了哪一章哪一节、大概讲了什么内容。不用很复杂，简简单单记录即可。

到了中学、高中，因为没有各种会考，且课外阅读量作为社会交际能力考核之一，课外阅读依然是学生课外必修之一。这样，一步步从小围兜时代培养起来的阅读意识，到了大学和成年之后，自然而然成了一种生活方式。即便你是不爱读书之人，也有了读书的三分习惯。何况如果大家都读书，如果人家说的每一本书你都没读过，让人情何以堪哪！

书，是人类进步的阶梯，阅读让人明智。孩童时悬挂在教室里的格言，如今重新回味，又多了很多领悟和体验。社会风气决定着每一位公民的意识和修养。而整体的社会风气，又有赖于公民个体修养的"百聚成海"。定在人类文学巨匠塞万提斯、莎士比亚、德拉维加的辞世纪念日，即每年 4 月 23 日的世界读书日活动，从 1995 年发起至今，不能不说意义重大。北欧人在这些方面从未标新立异，却已远远走在了世界的前列。排斥盲从又乐于合作，与时俱进又保持传统，有清醒的自我意识又不介意臣服于国王的引导。也许每个北欧人的身上，都住着 24 个自己？

爱对于北欧人，尤其瑞典人，意味着什么？那就是看两人能否分享独处时领悟到的生活真谛，比如人生观、价值观、孩子的成长、一本好书、一部电影、一次旅行，或者一句话。除了星期五的酒吧派对，大部分的时间，瑞典人都是安静而内敛的。坐公交车一定要一个人一排座位，身边最好不要再坐其他人，如果车厢内还有空座位的话。公交车站等车的时候，最好都保持南极大风雪里帝企鹅的御寒姿态：大家都精准地计算好彼此的间距，一个萝卜一个坑，沉默而内敛地站着，不要交谈，也要避免直视他人的目光。而作为一个标准的瑞典人，可能这时正手捧一本书，沉浸在自我的世界里，最好再戴着耳机！这就意味着，北欧人找伴侣，并非只是找一个居家过日子的爱人，更是在找精神上的另一半。否则，单身对于北欧人来说，似乎也不是那么可怕的事。

所以，终是开卷有益。即便不与人交往，沉浸在阅读里的时光，那是沉寂的时间之中另一段生命繁华投下的光阴。

北欧人的吃与素食主义

> 如果一个人的心思总不操心在吃上，
> 不为每天吃什么而发愁，那么毫无疑问，
> 他的生活会简单一大半！
>
> —— 题记

在我来到北欧之前，从未见过世界上有这么多对食物过敏的人！

近年来各国文化融合，愈发众口难调。每每欲举行家庭派对，主人必先不厌其烦地电话或短信询问每一位被邀请的客人：可有过敏或忌口的食物？鸡蛋、牛奶、面粉，包括杏仁在内的各种果仁等，都在食物过敏的名单里！更有甚者，在我曾经工作过的幼儿园，因为一个孩子不能吃鸡蛋，连鸡蛋的味道都不能闻，所以整个幼儿园从菜单中拿掉了鸡蛋这一选项！

说起来，这未免对别的孩子不公，但是瑞典，永远会为了一小撮，放下自我，照顾大局。就像一个公司里的聚会，如果在座 10 个人有一个人不会说瑞典语，那么即使其余 9 个人都是瑞典人，大家也会不约而同地改口用英语交谈，就是为了照顾那一个不会说瑞典语的人！这是文化，也是修养！所以为了简单的生活，瑞典人的派对越来越趋于自主化。不管参加什么聚会，自己带一个菜过去就好，方便自己，方便大家。

瑞典著名的生活时尚，不仅体现在非黑即灰的衣着风格上，也体现在

日常的饮食里。大概大家也听说了被讨论得热闹非凡的丹麦生蚝热潮。瑞典大致相同。瑞典地处斯堪纳维亚半岛，濒临波罗的海。海鲜要多少有多少，价格便宜得不像话！所以除了鳕鱼、三文鱼、帝王蟹、大龙虾，别的海鲜诸如青口、碗口大的活螃蟹，以及各种尺寸的鱼虾，瑞典人是瞧不上眼的。包括在中国物以稀为贵的生蚝，因为开壳麻烦，瑞典人也只是每年开个"开生蚝大会"，象征性尝一下。生蚝的存在对于北欧人来说，更是炫技的需要：不会开生蚝的北欧人，不是一个好米其林大师！

像海鲜这样的鲜物，都被北欧人有一搭没一搭地挑剔着，更别说其他肉类了。而牛肉在西方国家是个例外。除了像比萨一样充斥在大街小巷的西餐馆里的牛排，以及快餐馆里的汉堡，牛肉大显身手的地方可能就在大名鼎鼎的肉丸上了。不过，位于哥德堡歌剧院对面的一家名为"舌尖上的瑞典"的正宗瑞典餐厅，用当年采摘的新鲜黑胡椒研成粉末，来腌制上好的生牛肉，端上桌时，除了点缀的一撮新鲜薄荷叶，不动一丝烟火，吃时用红酒搭配，简直可以代表近年来瑞典流行主义饮食走向了！除此之外，所有在北欧超市里的其他肉类，都是卖不过蔬菜的价格的。在青黄不接的二三月，连土豆的价格，都可以赤裸裸地碾压猪肉的价格！

如果一个人的心思总不操心在吃上，不为每天吃什么而发愁，那么毫无疑问，他的生活会简单一大半！也许这就是越来越多的北欧人选择素食的原因。

诚然，"不忍杀生，关爱动物"是很多素食主义者的口号。但是，反观北欧人的饮食作息习惯，你不能否认，简单而营养，让质朴的食物对身体发挥高效的作用，节省出更多的时间干别的事，这是北欧人认可的一种生活方式。毫不夸张地说，在我认识的瑞典人里，至少有四成是素食主义者，一成是生食主义者。生食主义者连水煮食物都认为是烦琐的，认为是对食材营养的破坏。

当我好奇地问起素食与生食主义者何以为之，尽管彼此都不认识，但大家给出的答案大致相同：素食更健康；素食的烹调方式能够节省更多时间，生活会相对变得简单。那么生活的成本呢？不要认为素食主义者会过得像个苦行僧。相反，超市里高出普通菜价一半的有机蔬菜，其消费的主力军可都是素食主义者。这里又引出另一个层面的话题：环保。除了饮食的健康，越来越多的北欧人在饮食与环保这一方面也达成了共识：选择有机蔬菜更有益于环境保护。

1990 年后出生的北欧年轻人，很多都有兴趣成为素食主义者。作为一种风气，大概年轻人也觉得吃素食是很酷的一件事。没有父母在厨房做饭，出去吃又太贵，所以每个成年后搬出去住的北欧年轻人，如果不想每天吃比萨，那么面对人生的第一课，就是自己搞定饭菜。这也是很多娇生惯养的中国留学生，留学几年回去后，变成厨房大神的原因：环境造就人才！

想要把事情搞复杂容易，但想把事情做简单，却大不易！人类花了大约 250 万年的时间，终于学会不把生活的重点放在只追求食物上。其实在潜意识里，食物是人类欲望的代名词。学会降低对食物的兴趣，无疑是成功掌控了自身欲望。一个人见识越广、反思越深，就越清楚在寻求食物之外，有更多有意义的事情，值得花费和对待食物一样的心思去做。这也是北欧诸国，尤其瑞典，能成为全球创新发明最多的国家的原因之一。

当北欧人谈论素食的时候，谈论的不仅仅是素食本身，而是"主义"。素食主义到底包括什么？其实这种"素食主义"，是渗透在北欧人行事作风的方方面面的，是一种至简的生活态度。

　　每当问一个北欧人，旅行有什么好玩呢？最好不要问当地有什么好吃的，那样你将一无所获。北欧人也爱品尝世界各地美食，但那只会留在品尝时的舌尖上，不会留在脑海里。他们会清楚地记得当地河流的走向，唯独记不得当时曾经吃过什么。

Fika！享受慢生活

> 北欧，必须有一杯热腾腾的咖啡，来
> 调和一下这片冷幽默的土地。
>
> —— 题记

Fika！Fika！北欧人尤其瑞典人，谁还不懂得 Fika 的概念和享受 Fika 的愉悦，那可就太落伍了。这个既可做动词又可做名词的北欧特色词，形象地反映了北欧人一天之间或者工作间隙，其本意既指不可或缺的、和朋友或者同事喝咖啡交流的短暂休闲时间，又是一种简约且行之有效的社交。

Fika 时间长短通常取决于职业。上班族的公司 Fika 通常一天两次，一次 20 多分钟。上午 10 点多和下午 2 点多，人体最需要加油的两个时间段，是北欧上班族的 Fika 高峰期。

高中生、大学生们课间时间去 Fika，喝杯咖啡或者热巧克力，和小伙伴们聊聊天，谈谈最近碰到的有趣好玩的事情，或者上星期刚从挪威滑雪归来途中的偶遇，是再正常不过的事情。家庭主妇或者享受爸爸假期的奶爸们更是享受 Fika 时间的高手，两三个家庭常常带着宝宝，聚在咖啡厅尽情享受谈天说地的 Fika 时光，好不惬意。

　　北欧人对咖啡的热爱，简直到了令人惊讶的地步。每天三五杯咖啡，已经是很节制的了。从三五步一个的咖啡馆，以及咖啡饮用量全球前四（每人每年 1000 杯以上）这个数字，足以反映北欧人对咖啡有多么热爱。

　　有空去喝杯咖啡吧！

　　这是北欧人常常挂在嘴上的一句交际辞令。如果不是很要好的朋友，北欧人一般不会贸然邀请刚认识的朋友一起去吃饭。作为家以外社会交际的延伸，喝咖啡成为开始交往的首选。在咖啡馆熟悉的气氛中坐着干什么，都会让人觉得心安。北欧大大小小温暖舒适的咖啡馆，为人们提供了生活中极大的便利。就连大大小小的超市、街头便利店里，在一进门的角落，也总是有可供选择的多口味自助外带咖啡。

闲散的午后

Fika 的时间不仅是喝咖啡，可口的甜点如肉桂卷、浆果派、巧克力等，永远是化身如花美眷的咖啡伴侣。北欧常年温度偏低，夏季通常在 24 摄氏度左右。在这种温度下森林里缓慢生长起来的蓝莓、覆盆子等浆果味道醇厚可口、滋味悠长，做甜点实在是绝味上品。加上自家花园苹果树上结出来的酸甜可口的苹果，身在北欧而不会烤甜点里起步级的苹果派、蓝莓派，简直对不起满森林的蓝莓和一院子的苹果树。

咖啡不仅充当了生性内敛的北欧人在社交场合的润滑剂，更是男女交往不可或缺的利器。若一对男女初相识，那么下一步是约在咖啡馆去畅谈人生。若两相愉悦，约在其中某一方家里品尝"我家新进的那台现磨咖啡机现磨的咖啡"，则是二人关系快速发展的必由之路。很多新婚伉俪婚礼上追溯邂逅往事的时候，咖啡总会作为一个关键词温情脉脉地出现。

我来瑞典，学会的第一道甜品就是烤苹果派。可以说苹果派一出，天下无敌。无论什么样的聚会，带一盘自己烤的苹果派，永远不会失手。美滋美味的苹果派加上令人欲罢不能的高浓度咖啡，怪不得北欧人都心甘情愿"堕落"Fika 时间！

一杯咖啡，一个令人心安的咖啡香气缭绕的斗室，一本书或一个笔记本，常常可以让人消磨北欧漫长而严寒的冬季的每个周末。尤其是那些喜静不喜动的人们，远离酒吧的狂闹，音乐流淌的咖啡馆给喜欢独处又乐于群居的人们，提供了一个极好的去处。

北欧人和家人相处的方式就像与恋人相处一样，喜欢对方却也不必常常黏在一起。既享受家庭生活的喧闹，又不会失去一个人独处片刻的愉悦，咖啡馆就给了人们这样一个理想场所。咖啡馆，是北欧人家庭的一个延伸，是一个小型的社会。泡咖啡馆是北欧人典型的"生活至上"的人生态度。

在咖啡馆里，人们可以会见友人，或者一个人自由地思考。北欧人的人生观，工作和享受生活是并驾齐驱的，业余生活同样承载着让一个人生命繁盛的重任。工作的时候，你是一个全副武装的智者，但在休闲生活里，身心彻底放松的北欧人"呆傻"立现，搞不好回家的路上多块障碍就不认识了。所以让一个北欧人崩溃和愤怒的办法，就是让其业余生活去加班或者另打一份工。

也可说这是高福利社会的另一种表达，即工作的时候用心投入工作，休闲的时候绝对不可被打扰，哪怕 20 分钟的咖啡时间。如果你不知轻重地走过来，和一个平素工作中关系还不错的同事讨论些许有关工作的事，也会极大程度地引起对方的不悦和反感。从这一点引申开说，北欧人生活至上的观念，处处渗透在生活中；而生活至上的同义词，就是家庭至上。

在高税收、高收入、高福利的社会模式下，人人老有所养。北欧人也许并不重视四世同堂，同高堂双亲圣诞节、仲夏节团聚一下，已经是极限。但这并不能说北欧人不孝、冷漠，因为在北欧人看来，每一对夫妇都是独立的，都有各自的生活空间和圈子，父母也有父母的生活空间和生活社交圈子。就像自己和配偶的生活不喜欢被别人打扰和计划一样，北欧人从来不会去打扰和计划父母的生活，包括要求父母带孩子。

北欧祖父母几乎没有带孙子、孙女这一说，成年的孩子们不会要求父母这样做。所以你会看到一个个金发碧眼酷劲十足的美女帅哥，一旦走进家庭这个范畴，照样会用曾经夹香烟的手、文身的臂膀，撑起抚育儿女的重任，凡事都秉承"自己来"。反而是移民北欧的中国女子们，不管在当地生活了多少年，父母帮忙照管孩子的风气依然长存。一旦打算结婚要孩子，长长的生活清单里第一个计划就是：接妈妈过来照顾月子，接妈妈过来带孩子。不过也情有可原，身在异国，平日里工作忙碌，也只有一年的孩子假期，可以接妈妈过来四处走走，共享天伦。

北欧人基本上和父母都是"君子之交"。但对由自己、配偶和孩子组成的小家却极为重视，几乎每天都保持着紧密的联系。如果有事晚归一定会电话告知对方。生活中日复一日的几点上班、几点下班、这一天打算做些什么、发生了哪些事、周末家庭日计划做些什么、见哪些朋友，都是北欧夫妇日常琐碎的生活点滴。而且这些都是主动倾诉，想要和对方分享。如果哪一天夫妇间不再分享这些，就离离婚不远了。

在这一点上北欧诸国政府更是上行下效，一年的带薪"妈妈假期""奶爸假期"已经羡煞旁人，且一年里有至少四个假期，更是让有钱没处花的北欧人假日里拖家带口满世界飞，一时间赢得"北欧人全球酷爱旅行指数排名第一"之美誉，这里面瑞典人更是独领风骚。

平日里，重视家庭生活的北欧人绝对将生活凌驾于金钱之上，为了更好地照顾家人，享受亲密惬意的家庭生活，北欧遍地的商铺，每天上午不到 10 点不会开门，下午 6 点准时关门。周末为了神圣的家庭日，更是将关门时间提前至下午 4 点。这规定让前来北欧诸国观光旅行的其他国家的游客不忍直视！但在后院里支起烧烤炉的北欧人，不会介意你在冷冷清清的街道上因为无处购物而抓狂！最后，敦厚的咖啡馆会为你点起一盏明灯，善意地告诉你，实在无处可去，来咖啡馆喝杯咖啡也是不错的选择。

作为北欧人交际的利器，咖啡在斯堪的纳维亚半岛人民的生活里，扮演着举足轻重的角色。只有在咖啡桌上，你才能看得见欧洲人俏皮的一面。闲话都是在咖啡桌上流传的。欧洲大陆若没有咖啡，欧洲人的生活必将失色一半。当 17 世纪一个只想赚点钱的威尼斯商人将咖啡引入欧洲大陆之后，他并不知道这一小袋神秘的黑色细末,以后几世纪里是怎样彻底改变了欧洲人的生活!"在香水的味道中睡去,从咖啡的香味中醒来"——骑旋的现代都市抑或安静的偏远小镇,若百步之内尚未发现一个咖啡馆,你便要疑心,是否真的到了欧洲!

在欧洲,咖啡的需求量与生活的舒适度是成正比的。有如烹茶、泡茶在中国人家庭中的平常,假若作为北欧人不会煮滤纸咖啡或者液压式咖啡,真是不可想象的。滤纸冲泡咖啡法(PaperDrip)起源于中欧,由德国人 Merita 夫人发明,并在欧洲各国广为流传。

北欧人家家户户都有咖啡机。早上起来,朋友光临,一杯加香醇牛奶的咖啡是必不可少的。

到了北欧之后,我也学会了煮咖啡,慢慢爱上了它的味道:晨起一杯咖啡,醒脑提神。上午一杯咖啡,安抚略有饿意的胃;下午茶的一杯咖啡,那纯粹是消遣了。

北欧人的咖啡桌

　　既是消遣，配咖啡的甜点绝对是马虎不得的。苹果派、蓝莓派、提拉米苏、奶酪慕斯等各种小点心，名目繁多。如果没有可口的甜点，下午这顿咖啡宁愿不喝。这时候，外边咖啡馆是上佳的去处，尤其夏日天长，下午四五点时阳光正好，暖洋洋的，就着美味可口的点心，一边阅读或者闲聊，一边消受一杯咖啡。

　　北欧大大小小的公司，都有"神圣不可侵犯"的 Fika 时间，也即工作休息时间，跟午餐时间是区分开来的。政府要求公司对待员工的标准是，一天之中工作时间只要超过 6 个小时，就一定要有半小时的 Fika 时间，用以醒脑提神、恢复一下渐入疲劳的精力，调整好精神之后再进入工作状态，以提高工作效率以及降低工作中的出错率。

　　这一手段相当有效，因为不仅提高了工作效率，也极大增进了同事之间的关系，甚至对员工个人来说，办公桌上一盆养眼的花、一杯热腾腾的咖啡，在咖啡的香氛里，都会让人对公司更有归属感，也会不由自主激发更多的工作灵感。所以在跨国公司出现拒穿正装的北欧下属，气走要求所有职员西装领带上班的美国老板的状况，也就不足为奇了。

　　北欧人骨子里太热爱自由，内敛的外表下，其实有着一颗热爱自由的心。基于此，北欧国家盛产重金属乐队，也就更没什么奇怪的了。北欧，必须有一杯热腾腾的咖啡，来调和一下这片冷幽默的土地。

　　北欧人喝咖啡，更尊重背后为此辛苦付出的种植咖啡豆的人们。北欧人评判一杯咖啡的好坏，不单是端上桌的那一刹那，而在更早的咖啡生长的阶段，农民们怎样种植咖啡、怀着怎样的心情采摘、咖啡工人是否受到不良商家的价格坑害，都成为他们的考虑因素。淳朴厚道的北欧人，曾经因为某些咖啡进口商压低价格收购农民咖啡豆的恶行，而拒绝购买这类咖啡商进口的咖啡。

在北欧人看来，一杯咖啡的价值，包括背后种植咖啡豆的那些人的价值，所有的价值综合在一起，才真正是一杯咖啡的价值。哪怕为此多付了钱，也感到心甘情愿。此外，是否环保、是否在生长过程中用了化学农药，而对自然环境造成不可逆转的伤害，也是北欧人买东西考虑的一个因素。因此，你常常看到在超市里，虽然打上 EKO 环保标志的农产品比一般的卖出高一两倍的价钱，也照样是北欧人篮子里的菜，咖啡亦然。

不只在紧要关头，就是寻常生活中，欧洲人若没有那一杯咖啡，估计友情甚至爱情都得告吹。流传的名言是：早晨不先来一杯咖啡，就无法面对人生。"邪恶"的咖啡，简直"蛊惑"了欧洲人的一生。

慢悠悠，有计划

> 那些看似严谨约束的计划里，实则珍藏着你想要的梦想和自由。只有当你有能力掌控你的生活之后，你的生活才是你的。
>
> —— 题记

如果未经过预约贸然去拜访一个瑞典人，我几乎断言迎接你的不是张开的双臂而是惊愕的询问："对不起，我们有约吗？是不是我忘了？"而当得知这只是一次随性而至的拜访，十有八九你得到的回答是："亲爱的，我很高兴和你见面，但抱歉不是今天。"这时，最好不要问人家为什么。一般瑞典人待在家里，除了陪陪孩子、睡睡懒觉、听听音乐，在自家院子里烧烤一下、晒晒太阳，没有其他的事了。

没错，瑞典人就是这么在乎自己的个人时间，哪怕只是一个人闲待着，这也是周末的一个计划。所以摧残身体加了班、妄图在周末打电话给你的上司表功者，无异于自断筋脉。周末就是周末，好好享受，哪怕百万大单的生意摆在办公桌上，瑞典人也会拖到下周一才给你办。

北欧人做事习惯于计划，习惯于凡事预约。大到公司事务拜访，小到两个人去喝一杯咖啡，一切的计划，都彰显在预约中。可以这样说，在北欧没有预约，简直什么事都办不成，甚至连门都进不去。有计划的预约为何如此重要？因为其核心就是自由！

所有的有条不紊和慢而有序都蕴含在计划之中。一个目标清晰的计划，扩展了生活尤其精神世界无限的深度和宽度。瑞典孩子从小就在老师那里学会了制定计划，凡经过计划的事，总是比较容易实现。按计划去实现每一件事、每一个目标，完全是一个极具隐私的个人享受过程。无论在生活中还是工作中，只有你自己清楚你在做什么、你要做什么的时候，心才会得到宁静。

瑞典人可以容忍下属穿衣混搭去上班，却不能容忍不在计划内的贸然拜访。因为这是对自由的侵犯，意味着个人计划的打乱和时间的被占用。西方最重要的一条人际交往准则就是准时。人们将准时、不随意耽误他人时间，看成人际交往第一重要的礼貌和修养。

看看北欧的公交车到达每个车站的时间，你就知道北欧人对时间的控制有多么严格。北欧国家交通四通八达，十分方便。每个公交车站都有电子屏幕显示车到站的时间，一分不多一分不少，准点到达。

北欧生活慢节奏，谁都这么说。很多骤然从本土压力巨大的社会竞争齿轮下挣扎出来的移民，一下子被摔到北欧这些慢悠悠的国家，身心失重没有几年是缓解不了的。

近几年来，号称离天堂最近的人间仙境、上帝的后花园的北欧旅游成为热点，可无论从斯堪的纳维亚半岛的哪个国家旅游回来，人们都有个普遍的概念：北欧生活节奏慢。无论是工作还是生活，都是慢节奏。甚至包括被移民们诟病的看病慢，开了单子挂了号，即开始漫长的等待。

在这漫长等待的过程中，等医院的预约通知下来，大部分人已经自主痊愈了。但是北欧国家的按部就班，亦确实有迹可循。比如瑞典曾连任两届的首相，就曾经因为出访之际看病预约单到了、必须去就医，而取消出访的传闻。因为首相深知，如果错过了这次预约，不知要等到何时。从这件事里，一方面彰显出掌权阶层与布衣百姓的平等，另一方面体现出福利社会的另一个特质，即简约，公共资源被极大地节约。

正是因为取之于民用之于民，所以福利并不是无限制的，它更多地被分配给需要的人。北欧福利最突出的体现就是教育和医疗免费。而在医疗免费方面，又重在预防，避免一切不必要的隐患和多余的开支。比如儿童保健机构 BVC，给每个成长定型阶段的孩子悉心呵护，建立健康成长档案，定期检查、定期打疫苗。

为了让孩子们从小锻炼出一个健康的体魄，每天无论刮风下雨下雪，孩子们必须有两小时的户外活动，这是北欧诸国对从幼儿园到高中的学生的硬性规定。为了让孩子们放开玩，北欧每个学校都有供孩子们奔跑玩耍的大操场、沙池、滑梯等。学校的伙食也是经过营养科学家的配比，营养健康均衡，以免将来长大体质太弱三天两头就医。而工作环境中，则一定要求将工作的危险性降到最低。

北欧人认为凡事计划、做事稳妥、慢而有序，并非代表就此被约束。相反，预约代表着可从容面对生活的态度。计划，是为了获得更大的自由。福利社会养懒人，这几乎成了一些人抨击福利制度的一句口号。而事实却恰恰相反，就拿福利制度最典型的瑞典为例，从 20 世纪中叶实现工业资本化后，到 70 年代高新技术的发展，如今在生物、信息、医药、通讯、环保等方面均已稳居世界前列。

我们智慧的老祖宗很早就懂得人生进退尺寸间的道理：没有规矩，不成方圆！这句话在北欧人这里，成了每一个北欧人的生活态度和理念，而且得到高度认同：有计划的生活更自由！

在中国，生活是很热闹的、几乎没有界限的。拜访朋友、约茶、饭局都是即兴的，那随性，就像我们的水墨画一样，带着大大的写意！刚来到瑞典的时候，我亦是极不适应这一套，每每兴之所至，邀约朋友，尤其瑞典朋友，总会得到一个婉转客气但无情的回绝。被回绝过几次，就长了记性，知道如果不提前两周，你是约不到朋友的，不管对方跟你关系多好。因为别人都有自己的计划，你突如其来的邀约，只会打乱你傲娇的朋友的生活计划！

北欧人对于既定计划的执行，几乎有着强迫症般的偏执。很多外国人不明白北欧人为什么明明自己一个人没事干，闷到可以长出绿苔来，也不愿出来和朋友们喝一杯？其实北欧人的闲呆，也是其众多计划之一。

北欧人的典型交往原则是，不在计划里的，通常不会答应。但是如果答应了，就是天上下刀子，也会来赴约！所以通常情况下，你永远不用担心已经预约好的北欧人爽约。可以说这就是流传在北欧人基因里中世纪骑士最看重的契约精神！

不单对别人严格，北欧人对自己也是说一不二。做好的计划，不只是写写，更是要完成。在我任教的瑞典人民大学，同事单身妈妈英格兰是和我关系比较好的，我有时会去她家里做客 Fika。在她家的冰箱上，利用记事贴式的冰箱贴，分别列着英格兰和两个孩子的每周计划，三张计划表格，包括常规工作和去学校，以及业余时间的安排。在英格兰的计划里，既有半年内的长线计划，也有精确到每天的短线计划，日子在英格兰这里，是清晰而又有目标的。

这位单身妈妈，没有被独自带孩子的日子拖垮，相反，因为有孩子的陪伴，以及进退有度的合理计划，英格兰得以继续她的哥德堡大学教育学博士课程。在她的计划里，每周一次送小儿子参加跆拳道训练，一次送大儿子参加冰球训练，除此之外，每周三次健身，两次和男友约会，一次和朋友主题约会；还有个别的和朋友们的派对预约，而每个周日则什么也不做，把时间完全留给自己。

满满当当的计划看得人眼花缭乱，放在从前，我一定会问：那么多计划不累吗？能做到吗？然而在瑞典生活了这么多年之后，我深深理解了计划对北欧人的重要性。我自己又何尝不是这样呢？

有时候，让人累的不是有计划的生活，而是没有计划的生活！别人一个电话你就到，或者随便应约，又随便爽约，这样的你在朋友那里是得不到尊重的。随心所欲的生活看似自由，其实极大地消耗了我们的时间和精力。

尼采曾经说过一句话：每一个不曾起舞的日子，都是对生活的辜负！那些看似严谨约束的计划里，实则珍藏着你想要的梦想和自由。只有当你有能力掌控你的生活之后，你的生活才是你的。

所以，当你的贸然之访被你的北欧好友谢绝后，不要见怪，他们只是凡事习惯于按计划行事。瑞典人工作中态度认真，闲暇时却喜欢率性而为。他们不愿见你，就是不愿见你，没有勉为其难打乱计划为了面子奉陪一说。下次记得提前打个电话，哪怕只是下雨天的一次稀松平常的朋友见面。

学会为自己生活

> 你永远无权决定别人的生活，但也别让他人干扰你的生活。
>
> —— 题记

当年留洋归来的国学大师林语堂，不知是否受了西方爱情观念的影响，结婚当日与太太相约烧掉意味着婚姻约束的一纸婚书，表示真正"执子之手，与子偕老"的爱情其实是不受任何形式的约束的。这种令人眼界大开的举动在当时虽没有追随者，却一时成为美谈。

当初听说瑞典"同居等同于结婚"乃国策，我感到很不可思议。直到亲眼看见身边几位以同居身份申请来瑞典定居的移民朋友，方才信服。因同居等同于结婚，所以亦可同居移民。只要伴侣一方是有瑞典国籍的公民，那么不管双方是结婚还是同居，都一视同仁，当作合法关系看待。

后来去语言学校，接触到我的几位语言老师，都是瑞典人，其中一位将近50岁的大叔，开着一辆破车，爱好钓鱼，还是单身。除此之外的几位女老师，三位已婚，两位与伴侣同居。两位与伴侣同居的女老师，和蔼可亲，气质优雅，都有孩子，实在看不出来如此标准的贤妻良母型女士，竟是会选择只同居不结婚的人。

曾经去一位亲近的老师家做客，老师的另一半是电脑工程师，有房有车有狗、家境殷实，绝对的瑞典三 V 中产阶级（3V：Vila，房子；Volvo，车子，沃尔沃汽车是瑞典的大众品牌、汽车代名词；Vaven，狗）。怎么看也不是同居一下凑合过日子的类型。

同居的合法性亦体现在对孩子的身份认定上。以瑞典为代表的北欧国家很多都是非移民国家，即便在北欧诸国生了孩子，如果父母双方都非北欧公民，孩子也是不能入籍的。这与美国这些国家孩子"落地签"、只要生在人家的国土上就算人家的自然公民是不一样的。反之，如果孩子的父母一方是北欧公民，不管父母双方是婚姻关系还是同居关系，孩子都可入籍北欧各国。

狗是北欧人重要的家庭成员之一

在北欧，同居和结婚一样，在法律上享有同等权利。这就是为什么那么多的瑞典人选择只同居不结婚，即便是我语言老师这样的相夫教子居家过日子型。北欧诸国，丹麦和瑞典已经成为走在世界非婚同居制度前列的两个国家，非婚同居伴侣与婚姻伴侣具有同样的权利和纳税义务，法律上实无二致。

在国外不能做八卦的"包打听"，婚姻、收入、年龄等算是隐私，隐私面前，人们要懂得尊重。但是若对方主动将家庭情况介绍给你，又不一样。原以为同居的人会闭口不提自己的状况，但没想到每当碰见新认识的朋友，他们都会很大方地介绍自己的另一半：我们是 Sambo（同居）。几年下来，碰见得多了，也就不足为怪了。

据瑞典的官方统计，同居者在瑞典的比例，至少占到 1/3 的人数。那么，到底还是忍不住要问一句：为什么不结婚而选择同居呢？这其中，财产关系、风行的女权主义，以及不愿被约束，是几个不得不提的关键词。

没有婚姻关系，就意味着财产关系泾渭分明，没有离婚分财产那么麻烦的事。即便是婚姻关系，要么做婚前财产公证，要么 AA 制，夫妻双方依然需要共同分担家庭经济、家务劳动、抚育孩子，这跟同居关系的财产关系，又有多少不一样呢？况且北欧人并非那种为了孩子凑合过日子的人，如果有一天两人没感情了，不管双方当初有没有站过教堂的神圣婚坛，说离就离，一纸婚书又如何？

离婚后，孩子的抚养，最流行的做法就是一人照顾一周，两不亏欠。所以说到底，同居，这是一种成年人自由选择的生活方式。

瑞典是最具代表性的结婚率低、离婚率高的一个国家，越来越多的人选择只同居不结婚，显然也是真实存在的。但这并不表明北欧人游戏人生、家庭观念淡薄。相反，北欧人正是因为对待婚姻和爱情过分严肃，不愿姑息迁就婚姻中的任何一种不可原谅的错误，才会如此地"眼里容不得沙子"。男女收入的持平、经济独立，不存在一方依附一方，婚姻中有无爱情就成了主要因素。

对于相恋中的两个人来说，心有灵犀的领悟力，不是整天卿卿我我、你侬我侬、说一百个"我爱你"，今天你给我买个名牌包，明天我给你买个名牌皮带这样腻歪出来的。真正的相互吸引，是抛弃了一切物质束缚后，对彼此灵魂的欣赏。

有钱的生活人人都可以过，但是将生活从欲望中抽离出来，简而为之，却不是人人都有这个能力。北欧人的婚恋里没有彩礼，没有嫁妆，有的只是两个决定了在一起好好生活的人。两个人也许都是从小住着别墅长大的北欧男女，18 岁独立出来自我奋斗，邂逅另一半，也许不得不委身城市里三四十平方米的"蜗居"，而且很有可能还是租来的。可那又怎么样？只要身边的人是对的，房子小一点又有什么关系？身边比比皆是的北欧男女，过着发自内心的素简生活，对住房的大小并不是十分在意。

素简生活不是吃苦，也不是固守清贫，反而是那些经历过奋斗、经历过不懈努力，读过很多书、走过很多路，对生活一直保有着纯真，摆脱了物质欲望的束缚之后，对精神层次修炼有需求的人，他们想要过的生活。没有努力过的人，根本没有资格说素简！

离婚、同居虽然在北欧盛行，却不是主流。更多的人钟情于选择找到合心合意的伴侣，好好结婚过日子。

就拿孩子爸爸大熊家来说，他的大姨妈和小姨妈，分别从 20 多岁起和姨夫们结婚后，一直厮守到现在。如今 50 多年过去了，年年结婚纪念日聚会的时候，两位优雅可爱的姨妈都会象征性地穿上代表婚纱的白裙，和老伴跳开场的第一支舞。

我们生活在世上，一条不可逾越的生活准则要懂得：你永远无权决定别人的生活，但也别让他人干扰你的生活。

男女平等的真正奥义

> 女人的自强源于女人自身的优雅和舒
> 展，勇敢地做真正的自己。
>
> —— 题记

北欧，尤其瑞典，女权之风甚盛。这次日本东京举办的奥林匹克运动会，因为疫情的关系观众们并不会到场观看，盛大开幕式上到场的绝大多数为各国记者、代表运动员，及现场工作人员。瑞典旗手由在 2012 年奥运会获得奖牌的马术运动员 Sara Algotsson Ostholt 和帆船运动员 Max Salminen 担任。这也是瑞典第一次一男一女同时在奥运会开幕式典礼上执旗。为此，瑞典媒体特意报道了这一细节，并强调：De tär för att visa att alla är lika viktiga.（性别平等）

很多人调侃瑞典男人宁可娶外国姑娘，也不肯要瑞典女人。瑞典女人，则更乐意选择嫁给黑人兄弟，因为"巧克力男人"在家是最能干、最听老婆话的。在家附近孩子们玩的沙池和草坪上，一个和瑞典女人结婚的巧克力男人似乎印证了这一点，高大、英俊、温和的他，常常带着两个欧非混血的孩子在那里玩，对孩子非常有耐心，一起玩皮球，滑梯，荡秋千……当然，这只是北欧社会中个别的缩影。

北欧社会里，男人更认同女人及女人创造的生活价值。因为当一个北欧男人要找终身伴侣的时候，不会太看重一个女人的容貌，或者性格上是否温柔顺从。他们要找的是一个真正能与之精神对话的伴侣，而非男权社会的附属品。以欧洲的中世纪为例，骑士的高贵精神中，最主要的组成部分，即是其对待女人的态度。

何谓民族文明？印度国父、精神领袖甘地曾经说过：从一个国家对待动物的态度，可以判断这个国家及其道德是否伟大与崇高；一个民族及其道德是否进步，可以从动物所受的待遇来评判。

如果以此话再延伸，不妨就是：判断一个国家的文明程度，看其对女人和孩子及动物的态度即可。而北欧文明，就像人类本身漫长的进化一样，在经历了漫漫的古希腊文明、古希伯来文明，以及古罗马文明的历史漫长浸润与融合之后，以日耳曼精神为主导的北欧文明最终完成"路漫漫其修远兮"的进化，终于在斯堪的纳维亚半岛流传下来，变成了今日绝对的女权主义半壁江山的景象。这种精神的精髓，就是自由、竞争、包容和法律。如果从这四个方面来比较各国社会对女人的态度，这种对女人全方位的极大尊重，再没有比北欧更真诚和完善了。

与一些人曲解的女权主义即女人凌驾于男人之上的概念完全相反，在北欧社会里，女权代表着性别真正的平等；做自己，这一点首先体现在整个社会对女人们自然而然而绝非做作的尊重，大到议会里与女人们平起平坐讨论国家大事，或者法律上以保护女性身心为出发点的堕胎保护措施，小到为女人开车门、端茶、斟酒、平分家务。虽然北欧国家不支持堕胎，但女性怀孕18周以前可自行决定是否人工流产。亦有明确的法律条文保护女性免受家庭暴力。国家不惜付出巨大的财力、人力，设立多个妇女儿童保护中心，当女性受到人身侵犯时，随时可向这些机构求助。

在这些方面，北欧的文明总是拥有惊人的高度，瑞典即是世界上第一个将婚内强奸行为定为犯罪的国家。除此之外，职场上，无论大大小小的公司，招人的时候被要求绝对禁止性别歧视。

值得一提的是如今越来越多的女性开始担任要职。很多北欧上市公司董事会成员中，女性就占了五分之一；而超过四分之一的私营企业由女性掌管。比如瑞典政府，目前任职的 22 位部长中，就有 10 名女性，而议会里女性几乎与男性平分秋色。

生活在北欧，我深刻地体验着作为女人的优势。作为一个从亚洲国家移民过来的女士，这方面的感受则更强烈。北欧家庭没有老人家帮带孩子的习惯，隔三岔五过来瞅两眼已经是极大的关心了。平日里的带孩子包括所有家务，自然由小夫妻自己解决。这一点，北欧女人宣称自己是世界上那个最幸福的太太，估计也不会遭到质疑，因为女人们背后的"北欧奶爸"们是出了名的带孩子高手。

北欧几个国家，是全球率先制定"爸爸育儿假"制度的国度，这个在瑞典称作 Pappa Ledig。孩子一出生，新爸爸就自动获得 10 天假期，同时还和妻子共同享有 480 天的带薪育儿假。至于谁留在家中带宝宝，通过夫妻协商后决定，大部分取决于两人的工作收入状况。按照规定，夫妻双方无论谁休产假的时候，可享受 80% 工资收入的带薪育儿假。这时候，如果妈妈工资高，留在家里肯定不合算，所以留在家里的那位，大多是收入低的一方。

而事实证明：北欧女人在职场上拿到的薪酬，不但丝毫不逊色男士，而且很多时候更高一筹。如此，很多收入低于老婆的北欧男人，就心甘情愿、优哉游哉地当起了超级奶爸。这样一来男人们不但趁机可以和同道中的奶爸们讨论讨论育儿心经，还可以精神放松地和宝宝享受湖光山色之间的亲子互动。所以你看到的很多北欧男人，当奶爸的日子里过得是那么滋润。本来高挑的身材就跌宕起伏，再文个身、抱个娃，酷帅得简直迷死人。

因为有尊重女人的习惯，所以即便在女人的明月之光里，男人的萤烛之辉显得那样低调有内涵。为何在北欧同居等同于结婚？因这极大地体现了北欧社会在性的方面，给予女人的尊重和选择权。享受性的自由与快感绝非男人的专利，女人也有同等的权利。

在这里请注意，性的自由并非性的开放和放纵。北欧男人对女人贞洁的要求，如同女人对男人贞洁的要求一样，体现在两人在婚姻中的忠诚度。这就是为什么北欧人的同居等同于结婚的概念。一个北欧男人或女人，他不在乎你有过的性伴侣数量，但是一旦在婚姻中知道对方的背叛，这样的婚姻绝对不会再继续下去。

咖啡厅里，与友人高谈阔论的是女人，旁边给孩子喂水换尿不湿的是男人。车站里，夹着烟吞云吐雾的是女人，口含嚼烟默默咀嚼的是男人。所有收到的表格、信件、朋友卡片上，如果是同时寄给夫妇双方的，那么肯定女人的名字要放到第一位。

别小看这小小的细微之处。在中国，报家庭人口，多数时候父亲的名字当仁不让第一位，一家之主嘛。但是在瑞典，母亲的名字永远第一位。为了这小小惯性，直到女儿开始上小学，我这个移民过来的外乡人，男人名在前这个根深蒂固的观念才总算纠正过来，开始坦然接受位列家庭秩序至尊的签名秩序惯例。与同事们的聚会上，终于习惯于即便自己的上司在座，端上的咖啡或红酒，亦是自己与在座的女士们先享用。

回头想想，即便这么微小的男权社会遗留下来的习惯，都用了如此长的时间才改过来，而轰轰烈烈的北欧女权主义运动，能够通过不懈的努力，取得如今这样的成就，身为女性，应是多么值得击掌相庆！

一个但凡看重忠诚、名誉、荣誉与勇敢的民族，在对待女人的态度上，都不会太差。真正了解了北欧的女权主义之后，你就会深深体会到，所谓的女权主义，绝不是认为女性是两性中的第一性、是更优秀的性别，也不是主张女性打压男性，或者要将男性当作敌人或者竞争对手，凌驾于男性之上。

更重要的一点，女人必须自强。这种自强不是像个男人那样出去打拼就可获得。女人就是女人，男人就是男人，女人永远不需要当"女强人"或者"铁姑娘"，而以此赢得男人们的尊重。女人的自强源于女人自身的优雅和舒展，勇敢地做真正的自己。

"千里之行，始于足下"，除了大量而广泛的阅读、对生活的欣赏和享受、拥有自己的社交圈、公共意识及社会认知度方面的争取，最重要的细微之处，则是男人们尊重女性的意识同步前进，比如渐渐养成与另一半分享育儿经及分担家务的习惯。

家务活不是即兴艺术，是长年累月体力的重复，女人若不懂得与男人分享家务，个性难免变成太婆气质的碎碎念。试问有多少女人不是在日复一日的家务劳动中悄然老去的？

女人一旦从日复一日的家务里适度解放出来，再加上自身属性的经营，湖边百合般气质终身如花般自然而然绽放、带给社会以芬芳的气息，方是女权主义的最高境界！

男女在漫长一生里，如何相处并非取决于优胜劣汰的自然法则。诚如《美丽心灵》里患妄想症的天才数学家纳什，终其一生研究出的纳什均衡所提到的，凡事都可在保证各自利益最大化的前提下共赢。

男女关系亦如此，女权主义是女人的功课，更是男人的功课。

若理解这一点，男女两性一定会在欣赏彼此的修养、尊重与理解的基础上，达成人生共赢的局面。

专注与乐趣：学习是贯穿一生的事

> 给孩子最好的教育，就是给他最好的人生。
>
> —— 题记

给孩子最好的教育，就是给他最好的人生。在北欧福利模式中，首先提出来的，就是与医疗免费同等重要的教育免费，教育免费一直到大学毕业。

北欧社会教育体系中，虽然没有高考，但相当于高考成绩的测试和分数都被碎片化，融合在了从八年级开始，一次又一次大大小小的期中考试和期末考试中，直至申请大学。

学生们最后凭高中三年的成绩单申请心仪的专业，学校择优录取。因此，瑞典教育中一个值得赞赏的地方就是，贯穿一生的学习体系。学习体系的构建，是与人的意识分不开的。在北欧幼教体系里，有对孩子创意、想象力、动手能力、合作意识、同理心等方面的培养，最好的教育就是给他最好的人生。而这最好的人生，就是具有一生学习的精神和能力。

不断学习的精神和专注的能力是分不开的，也并不矛盾，但前提是你必须知道你喜欢什么、你要的是什么、你想做什么。有很多失败的例子，都是在迷茫的情况下跳来跳去，既失去了原本拥有的，又没有精进自己。所以在举棋不定的时候最好先不要做计划，也不要放弃目前拥有的。同时，多看看书，多找时间做一些放松身心的事，比如冥想、健身、远足、旅行，给自己独处的时间。慢慢地，心中的答案自然会清晰起来。

在很多人潜意识里，学习是一门苦差事。其实在北欧，除了少数由于义务教育、工作求职等"不得不"的伏案苦读，更多的学习，来自个人的兴趣和热爱，虽然不轻松，却是愉悦的。

在我心里，一直有一本构思多年的小说《哥德堡号1745》，小说是以两百多年前的来往于中国广州和哥德堡之间的东印度公司商船"哥德堡号"为背景，是一本将虚构的爱情故事架空在真实的历史故事里的书。

为了写这本书，我需要收集很多资料。除了广州可能除了老一辈、已无人知晓的酱园码头，瑞典时间线，也选择在瑞典黑森王朝时期。于是，为了解这个并不起眼的王朝，我成了"历史学家"。瑞典语版历史书读来不轻松，但透过文字，穿越往昔，每多了解一点想要知道的史实，便有或大或小的惊喜或豁然，这种隐于字里行间里看江山的喜悦，当真是挑灯夜读的乐趣。虽然为此推掉了多少聚会，但对于写书人，也是常态吧。

虽然有时候北欧人换工作如进菜市场，工作的跳跃性如此之大，比如厌倦了开出租车可以去学律师专业，不喜欢幼儿园工作可以去考潜水证做潜水教练，甚至室内环境工程师有朝一日不再留恋都市生活，也会辞去工作归隐南山，心满意足地在青山绿水间做农夫。虽然表面上换来换去，但万变不离其宗：北欧人终身学习的态度，自始至终按照自己喜欢的方式生活和选择工作的态度。

比如当一个北欧人想在城市一角开一个咖啡馆，自由自在、闲情度日的时候，首先想到的不是钱够不够，而是自己对咖啡够不够懂，一定是先去了解咖啡豆产地，学习冲调咖啡的本领。

北欧的大学很像一辆随时可上下的公交车，你 20 岁时申请也不早，60 岁的时候申请也不晚。只要是高中毕业，只要你需要，可以随时回来学习，选一门系统的专业或者一门课程均可。

所以很多北欧人选择的生活是这样的：二十几岁大学毕业后，找一份工作，干 10 年累了，或者失业了，再回学校选一门专业学习。可能这时候已经 40 岁，但不要紧，等到 60 岁，还可以再回去选一门专业学习。

不管你什么时候回去学，学校对你的学习的严格要求是始终如一的。且最可贵的是在学习期间除了不用交学费，还有一笔数目可观的助学金可拿。但是不管是工作还是学习，大家的态度都是十分严谨的，否则无异于游戏人生、浪费生命。

有了这样的保障，你就不难理解北欧人为什么 50 岁还有重新学专业换工作的勇气。北欧人外表冷漠低调，但内心世界异常丰富，常常具有冒险人生的浪漫主义情怀，也许是海盗先祖的血液依然在心底深处流淌。每次换的工作差异之大令人瞠目结舌。比如我所认识的一个瑞典男孩，原来的工作是幼儿园老师，但忽然有一天辞职去考了潜水证，然后计划的新工作是潜水员，因为觉得畅游蔚蓝海底鱼群之中是如此放松美妙。

另一个朋友，原来是室内环境设计师，做了十年环境设计，忽然有一天厌倦了整日对着电脑的生活，辞职申请进大学学了园艺学，未来的计划是给自己曾经设计的小区做户外园艺。草莓成熟的时候，这位在农场实习的朋友邀请我去品尝她种出来的草莓。一脚泥巴、劳作在田间的她，深深呼吸着田间泥土和茁壮成长的蔬果植株发出的新鲜天然气息，仿佛嗅得了生活的真谛。我夫君的半个同事，在兼职歌剧院跑了多年的龙套之后，于四十不惑之年忽然对牙医产生了浓厚的兴趣，去年申请进了大学，开始漫长的五年学习之旅。

人生只有一次，如果一生把自己只拴在一份工作上直至退休，错过丰富多彩的人生体验，未免可惜。当然，执着于人生理想，那又是另一回事。所以以人为本的北欧诸国政府，充分地满足了大家的这份需求。

就像我认识的瑞典女孩爱丽丝，仿佛没有意识到自己的短板，明明听说读写认知困难，但爱丽丝 13 岁吹灭生日蜡烛时许下的心愿，却是成为一个优秀剧作家。听到这个愿望，父母觉得不过是一个不服输的小女孩的白日梦，不忍打击她。在他们的设定里，爱丽丝能够像普通孩子一样，上正常的学校，顺顺利利毕业，将来在餐馆当服务生也好，超市收银也好，能够自己养活自己，健康平安一生就好。

但爱丽丝可不这么想。在学校里直到高中毕业，爱丽丝规定自己每个月读一本书，什么类型的书都好，一定要读懂；每天坚持写日记；每周写一个短篇剧本，无论剧情多么荒诞，对话多么怪异。为了训练逻辑思维能力，她还专攻数学，每学期的数学成绩都是优异的 A。常常淹没在阅读的汪洋大海的爱丽丝，为此搭上了这个年龄女孩的花季生活：聚会、男孩的殷勤，以及好友们无穷无尽的 Fika。

上帝关了门，就一定会为其开一扇窗。有阅读障碍的爱丽丝，外形上却比同龄人有着无与伦比的优势：金黄微微卷曲的长发，白皙的脸庞，湛蓝的眼睛，高中毕业时已经长到 178 厘米，典型的好身材。在服装公司管理部门任职的妈妈，有一次公司新服装上市，需要模特拍照，在妈妈的请求鼓动下，爱丽丝和其他模特，为服装公司拍下了那一季的春夏服装系列。稚气可爱、亭亭玉立的爱丽丝在一众专业模特里特别出彩。可怜天下父母心！女儿先天不足，却有这么好的外形条件，妈妈希望她能扬长避短进入模特行业。但爱丽丝的理想是成为剧作家，她的理想从来没有改变过。

高中毕业后，她申请上了喜欢的剧本文学创作专业。生活范围一下无限扩展，阅读她的 Facebook 可以看到，她和同样有艺术追求的朋友们拥有丰富多彩的生活体验，一会儿参加这个艺术节，一会儿参加那个电影节。2012 年，我曾经参演过一个当时挺著名的话剧，而剧本创作者之一，就是爱丽丝。我也因此有缘得以与她结识。

如今的爱丽丝，正常工作是市立图书馆管理员，但业余之际，也拥有自己的剧本创作工作室，有一群擅长"编导拍"（编剧、导演、拍摄）的朋友。

只要你从事的是与文化有关的项目，有创意、想法、价值，每年就能定期从政府文化部门申请三五十万克朗（约合人民币四十万元），甚至更多的文化补助基金。

这对像爱丽丝这样的搞艺术的人来说，无疑弥足珍贵。工作之余，可以安心搞创作。说句题外话，不要问我为什么北欧盛产重金属乐队。各种有想法的人，只要你愿意去做，上交的申报有理有据能让政府看到你的价值，和你预计会为推动社会文化带来的价值，你都可以像爱丽丝那样，获得"国家爸爸"的补助。

但无论怎样，国家虽然提供了各种便利，但路怎样走，还在于你自己。追求理想之际，就是陷入孤独之时。就像爱丽丝，Facebook 上展示的生活永远是那么有趣，但当她每天工作八小时，下班后拒绝一切娱乐，专心坐在电脑跟前一工作又是五六个小时。这才是北欧人生活价值的核心：为了理想，可以不惜一切，不断挑战自我。

有时候，我们常常后悔当初的选择，痛恨自己向生活的妥协，说到底，就是心中没有顽强的信念。所以，面对爱丽丝自豪的时候，除了欣赏，还有一种感动。

除了随时可进退的学习系统，北欧很多公司有着十分开放的态度，对于已经在职的员工，愿意工作百分之百还是百分之五十，完全取决于个人的选择。大多数情况下，40岁以前，一般人都会选择百分之百的工作，养房、养车、养孩子，赚钱要紧。但是40岁以后，很多北欧人开始有意识地做减法，从前百分之百的工作，现在减到百分之八十，剩下的百分之二十，则可以做点自己喜欢的事情。

比如孩子爸爸大熊的二姐，是乌普萨拉一家电脑公司的高管，天生喜欢田园生活。三年前将工作从百分之百减到百分之八十，用自己和男朋友卖房的钱一起合买了一个偌大的包括森林、牧场在内的庄园，养了许多绵羊、鸡。余下的时间，用来"面朝大海，劈柴喂马"，日子真是再逍遥不过。闲暇的时候，这位给自家的公鸡起名帕瓦罗蒂的电脑公司高管，给城市里的有机商店提供自家宰杀的纯天然"走地鸡"和营养丰富的鸡蛋。

理想每个人都有，但是否可以实现却取决于你愿意为之付出多少。其实说穿了，理想实现的必经之路，也不过是学会一生简单专注做成一件你喜欢的事罢了。

我们无法决定生命的长度，却可以定义生命的宽度。换工作只是人的漫长一生中许多行为中的一次，这努力中间蕴含着有目标地不断提升自我、认识自我、重新定位自我的过程，放纵自己去探知生命的无限价值、享受多元化的一生，才是北欧人不断挑战自我"爱折腾"的真正迷人之处！

王子与公主的幸福"榜样"

王子和公主变青蛙，拥有更自由与进取的人生。

——题记

自打"地主家的二少爷"哈里王子娶了具有美国"自由"精神的梅根，欧洲老牌王室伊丽莎白女王奶奶一家的操心事就没停过。从20年前英伦玫瑰戴安娜王妃的陨落，到如今哈里王子夫妇的"逃离"王室，一桩一桩的事儿，让女王奶奶操碎了心，种种预兆指向曾经繁盛的英国王室，在"伦敦桥"倒了之后，命运将出现转折。这也可说王室的命运，按照传统一直以来兴也联姻，败也联姻。只不过现在的联姻，更普遍的是王子公主与布衣的爱情联姻。

欧洲王室的联姻，若要追溯，久远的过去，各国王室之间姻亲关系错综复杂，真是一损俱损，一荣俱荣。比如在今日的欧洲，英国女王伊丽莎白二世、瑞典国王卡尔十六世·古斯塔夫、丹麦女王玛格丽特二世、西班牙国王费利佩六世、前希腊国王康斯坦丁二世、前罗马尼亚国王米格尔一世，以及历史上的俄罗斯、德国（普鲁士）、塞尔维亚、萨克森—科堡—哥达、汉诺威、黑森和巴登的王族领袖都是"欧洲祖母"维多利亚女王的后代。

自从进入 20 世纪，欧洲各国叫嚷着要废除君主制的共和党人的声音不绝于耳，人们一度怀疑王室的气数差不多到了尽头。但直到如今的 21 世纪，王室最集中的北欧几个王国，不仅在各大党派的口水仗里安然无恙，还有了峰回路转、柳暗花明的迹象。欧洲王室身份高贵，被称作拥有"蓝色血液"的人。

Blue Blood（蓝色血液）这个概念是古代西班牙人提出来的。古代西班牙人认为，贵族体内流淌的是蓝色的血液，代表了高贵和智慧。在欧洲历史上，为了保持蓝色血液的纯正，也为了国家利益的考量，欧洲各王室互相通婚联姻。

无论是多么显赫的王朝，它的开端，往往起源于一个名不见经传而又智慧勇气过人的英雄或者枭雄。他在一干出生入死的兄弟们帮助下率兵取胜，于是成为世袭的君主，并以"君权神授"的理论使其合法化。说瑞典历史实际上就是一部帝王史也不为过，国王在瑞典每一个历史转折点都起过至关重要的作用。例如，鼎鼎大名的瑞典国王古斯塔夫·瓦萨是现代瑞典缔造者，他的孙子古斯塔夫二世·阿道夫使瑞典成为欧洲强国；当今瑞典的和平中立政策，则是由卡尔十四世奠基。

翻开英雄史诗《埃达》与《尼伯龙根之歌》，骁勇善战的北欧民族自古有崇拜英雄的情结。就像中国古代皇帝一样，北欧王室的英雄祖先们也坚信自己是神明的后裔。比如中古时期的瑞典人，没有一个人怀疑他们的国王不是神明奥丁的后代。因此王权是神圣的，是不可觊觎与挑战的。

天下已经打下，但不能孤家寡人唯我独尊，与其他王室的通婚，是一个新的王朝取得他国承认的最有效的方式。尤其在欧洲大国扩张土地、弱肉强食的维京时代，北欧小国要存活下来，与他国联姻便是一种有效的自我保护手段。无论中外，爱情、婚姻只要牵扯到国家大事，都已不是个人感情问题。而贵为王子公主的王室嫡出，更要为国家在政治、军事和外交的安危上献身，以爱的名义成全国家。

历史上欧洲各国之间的合纵连横，有赖于婚姻作为纽带，这个纽带在20世纪之后，完全失去了作用。随着民主时代的到来，各国君主权力逐渐被削弱，以致完全丧失政治权力，瑞典国王甚至被法律规定不能发表政治言论。过去大权在握、威风凛凛的国王，现在成了旧制度的遗老遗少，合纵连横已经是过时皇历。王室本身已经沦落到为国家形象装点门面，联姻就更谈不上有什么政治意义了。所以现在王室的公主王子们纷纷与平民通婚。

为什么王室婚娶会形成平民化风潮？北欧评论家分析说，这是一个新的时代，王子公主们厌倦了高贵血统的婚姻，因此要改变一下恋爱的方式。其实，这不只是王子公主们厌倦不厌倦的问题，真正深层的原因是王室自身地位的改变。毕竟这不再是一个王子公主一抓一大把的年代了。

既然政治联姻失去意义，维系"蓝色血液"的价值就不那么大了，王子们也就乐得享受自由的爱情婚姻，比如如今瑞典王储维多利亚公主的夫君丹尼尔亲王，就是斯德哥尔摩一家健身房的教练。

王储伉俪大婚后不久生下的一笑倾城的小公主埃斯特拉，小小年纪在妈妈怀里一瞥一笑一回眸迷倒众生，为王室拉票不少。别说北欧王室隐见紫气东来，就连英国王室也是柳暗花明，继戴安娜王妃事件之后慢慢重新赢回人心。剑桥公爵威廉王子与凯特王妃诞下的剑桥小王子乔治、夏洛特小公主，和最小最萌的路易小王子，三个王室宝贝萌帅萌帅小围兜的照片简直要把英国人民男女老少统统萌翻！

但是王族正因其遗世独立与高高在上才显其崇高与神圣。如今眼见昔日王室纷纷与平民通婚，侯门不再神秘，高贵血液不再纯洁，这与普通平凡的隔壁邻居家有什么区别？说起来，王室制度是历史上等级和专制制度的遗留，它是与众不同的偶像与权威，如果王室完全平民化了，那么它们存在的意义何在？纳税人为什么还要继续养活他们？这是很多反君主制的人们的呼声和质疑。

对赞成保留君主制的北欧人来说，国王及其王室是他们历史的一部分，是传统文化的绵绵延续。虽然今天的国王已经不再掌握国家权力，但由于王室传统代表一个民族的精神，它的存在有稳定社会的作用。当今民主社会的政治家时常丑闻频出，政府官员如同走马灯一样换来换去，只有美丽的王宫永远坚固地耸立在都城，让人们瞻仰和怀旧。

在废除王室呼声不断的情况下，王室后裔们尽力做好自己，以正面的形象示人，给黯淡的王室注入了新的活力。比如英国王妃凯特、瑞典二公主玛德琳等，都积极投入儿童保护、艾滋病防治，以及教育等慈善事业，为渐趋平民化的王室赢得了新的尊严，也证明了自身存在的价值。

最让世界瞩目的，是一年一度的诺贝尔奖颁奖仪式。那一天，衣冠楚楚的国王，带着他那打扮得如同天仙下凡的王后和公主，出现在庄严的盛大典礼上。那种美轮美奂的场景，让以瑞典为代表的这些北欧小国给世界留下深刻印象。仅此一项，就令瑞典纳税人感到，供养一个王室是值得的，因为他们作为国家的形象代表，会带来广告效应和旅游资源。

2010年瑞典长公主维多利亚（Crown Princess Victoria）和未婚夫丹尼尔·韦斯特林（Daniel Westling）在斯德哥尔摩市中心大教堂举行举世瞩目的婚礼，声势之浩大，场面之壮观，是继1981年英国王储查尔斯和王储妃戴安娜之后的又一个欧洲王室的盛大婚礼。来自世界各地的王室成员和政府首脑参加了这场婚礼，看看瑞典王室公布的逾950名宾客名单吧，包括丹麦女王、西班牙国王、挪威王妃等，你就知道，这个世界上所谓的王子公主之说，不是传说，亦非浮云。

在欧洲王室里，瑞典王室一直被世人誉为最亲民且与时俱进的王室，在瑞典王国民众心目中有着重要的地位，深受爱戴。国王卡尔十六世虽然一向以搞怪的帽子占"C位"，但承担起国家大事一点儿不含糊。趁着2019年的诺贝尔奖季，国王宣布精简王室成员，将5名儿孙从王室的税金名单上除名，力所能及地减轻民众向王室纳税的负担；同时也让含着金汤匙出生的孙子孙女们走出城堡，拥有更自由进取的人生。

瑞典王室的这一举措，无疑像一面镜子，给近些年沉迷游戏、有意回归家庭啃老的瑞典年轻人上了一课：看，王室的子孙们都要离开家自谋出路，你们还有什么理由不努力？而王室的孩子，个个活跃在各自心仪的工作岗位，为社会做贡献，也给普通青年树立了良好的榜样：幸福还要靠自己。所有这些王室做出的努力，以及先辈们为了王国曾经做出的表率，都让热爱自由、不愿受约束的瑞典人民，依然承认王室存在的意义。

王室，就像一道风景，浅浅淡淡又不可磨灭地印在瑞典人的心里。

为人着想的善良

爱的教育——何谓尊重与理解

> 在北欧人这里，奢华的终极意义，是
> 直指人性的关怀之爱！任何失去关怀与爱
> 的奢侈，都是没有意义的。
>
> —— 题记

　　每个生命的个体都是值得尊重的，只是选择了不同的形式存在。在北欧人这里，奢华的终极意义，是直指人性的关怀之爱！任何失去关怀与爱的奢侈，都是没有意义的。

　　这是瑞典绝大部分人的想法。而支持这一信念得以实行的，除了每个公民背后强有力的福利制度，还有人们对生命关爱的意识。而这种意识深受北欧文化的影响。前面讲过，北欧诸神不是长生不老的，也都是会衰弱和死亡的。神也不是完美的，也有着和常人一般的病痛折磨，比如众神之父奥丁，不单是独眼，还患有因环境恶劣而常有的风湿病；爱与美之青春女神芙蕾雅，有一天也会白发苍苍、满面皱纹。北欧人也不忌讳谈死亡，不惧与墓地毗邻而居。北欧人最喜欢开的玩笑之一，就是论死亡的 N 种可能性。人都会死亡，问题就是：

　　När？——何时？

　　Var？——何地？

Hur——怎么个死法？

坦白地说，若问一个北欧人什么是完美的人生，那就是：完美的人生，可以有不完美。所以北欧很多父母，即便知道了腹中的宝宝先天残疾，大部分还是会选择生下来。

也许个别瑞典人为政府何以接受那么多坐吃福利的难民抗议过，却从没有一个人为需要纳税供养一个残障人的一生而有过任何异议。这就是为什么残障人士、老年人在不能自理的时候，还活得那么有尊严。

时间如白驹过隙，不知不觉，小女已经从当年的小围兜，长成了一米七的大姑娘。然而从小到大，孩子给我的爱的探讨和感悟，却从未停止。记得当年小女风平浪静地上了三四年幼儿园，从一岁半的小可爱长成整天呱啦呱啦嘴不停的"小烦人"，什么事都要问一个"为什么"。

有一天，小女从幼儿园回来，一进门不呱啦了，小脸凑过来严肃地告诉我一个秘密："妈妈，今天幼儿园里来了一个奇怪的孩子！"

我笑问："怎么奇怪？"

女儿回答这个奇怪孩子的名字叫斯万，和班里小朋友年龄一样大，都是五岁。但老师说因为斯万在妈妈肚子里的时候就生病了，所以现在尽管五岁了，可还是像个一岁宝宝一样不会走路不会说话不会画画，也不会唱歌。我问她，跟斯万玩了吗？小女回答他一直坐在他的轮椅上，她不知道怎么跟他玩。

我说，那你明天去的时候把唐瑞福（我家小女最宝贝的毛茸"爱犬"玩具）带上，你和唐瑞福一起和他玩。小女答明天斯万就不在那里了，要等下周才来。

第二天送小女去幼儿园，问起斯万的事，才知道那是幼儿园组织的爱的教育。原来小女口中的斯万，是一个大的布偶娃娃，足有五岁小孩那么高那么大，每周一次会来和小朋友们共度一天。幼儿园通过这个活动，就是想让每个孩子知道，生命是通过不同的形式表现出来的，每个人或动物都是平等的。

这个"斯万"，是作为一个真正意义上的孩子，出现在每周三的幼儿园，和大家共度一天。目的就是让小朋友们学会如何和一个有残障的同伴相处。一起吃饭、一起画画、一起做手工、一起去户外活动。斯万要喝水的时候、要去厕所的时候，大家懂得怎样帮他。

原来，因为斯万的"身体状况"，幼儿园还为所有小孩子们"紧急"培训了简单的护理常识，比如如何在推行中保持轮椅的平稳，如何搀扶斯万去厕所，以及如何一起和斯万玩耍不伤到他等。

爱的教育持续了半年之久，斯万还是一如既往地来幼儿园做客。伙伴们给他讲故事、唱歌，做游戏——小家伙们已经习惯了这个特殊伙伴的存在。小女也不再用"奇怪"来形容斯万。"上次斯万说他想我们。"小女启动了小孩子的第三想象空间，想象着不见斯万的时候大家都很想斯万，那么斯万肯定也很想他们。

自从跟斯万接触以后，每当我们出去碰见类似斯万的人，小女看他们的眼神都和看别人的眼神一样平平常常、别无二致。甚至有时在露天咖啡馆碰见被护理员推出来散步晒太阳的真实的"斯万"，小女还会跑过去像和其他小朋友玩耍一样，和这个孩子一起玩一会儿。

有一次在站台上等车，过来一辆巴士，到站的时候一侧放气似的塌陷到与地面平行，然后开车门，供乘客上下。"妈妈你看，"小女指着塌陷的一侧，"车子会变矮！老师说等下次斯万来了，我们要一起乘车去奶牛农场看奶牛。每个车都会变矮，所以斯万哪里都可以去。"

这话倒提醒了我，以前也发现过这样的现象，还以为只是方便婴儿车上下，小女这么一说，倒让我领会了公交系统人性化的设计真谛：公交车是提供给每个人乘坐的，包括那些以轮椅代步的人！惭愧，难道我还认为残障人士就应该待在家里吗？

后来仔细观察，发现北欧这些关怀人性的细节确实令人感慨！比如有轨电车本来就低，轮椅上下倒无所谓。可那些"高个子"的巴士，人要抬起一步才能上，此时轮椅或婴儿车要上下怎么办？那就是小女所说的"车子变矮"——车门靠站台的那一侧装有可使车身倾斜的类似气囊的装置。

公交车正常行驶的时候，车身平衡，和一般车没什么两样，但是到站停靠的时候，这时类似气囊的装置打开，车身一侧的轮胎就像放了气似的陷下去，与地面保持平行，这样无论是残障人的轮椅还是宝宝的婴儿车或者老年人的助力推车，要上要下都不在话下。这些细节传达了一个信息：不管你身处何等状况，你永远都有出去享受阳光、雨露的机会和权利！

阳春三月，天色慢慢暖和起来。领着小女在回家的路上，心也突然变得分外柔和，一个"小孩子"斯万，竟教会大人小孩这么多道理！

在北欧的教育体系里，孩子的教育不仅是父母或者学校的责任，而且需要父母、学校和社会三方合力付出的。三方中任何一方有所缺失，教育的质量必将大打折扣。这就是为什么在北欧，在我们所谓的"社会"上，即便那些与孩子擦肩而过的陌生人，也参与其中，是孩子素质教育的参与者。

在北欧的民族意识里，孩子不仅属于家庭，也是整个社会的财富。每一个公民都有教养未成年人的义务。这种理念表现出来，就是公民自觉遵守社会公德、社会公共秩序以及公共空间规则，为所认识或不认识的擦肩而过的每一个未成年人做出表率。比如大部分的北欧公共场所都是无烟区，在巴士或电车的候车厅外，即便可以抽烟，很多人还是自觉地选择含在嘴里的唇烟。

北欧河流众多，几乎每个北欧城市中心，都有一条宽宽的河流穿过。夏天来时，大家可以坐在河边的草坪上或台阶上，吃冰激凌，聊天，看云卷云舒，晒阳光浴。就像在哥德堡的市中心，约塔河缓缓流过，宽阔的河道两边，几乎没有什么防护栅栏，顺着草坪的坡地下去，就是河流。但这么多年，在这条河上从未发生过滑稽可笑或悲情之事，比如偷偷跑到清澈的河水里游泳、孩子不听话乱跑掉进河里，或往河里扔垃圾诸如此类，至少在我住的这十来年里，从来不曾发生。在河里游动的，只有野鸭和海鸥。

城市里的轮船

要游泳就去海边或湖里，或者室内游泳馆，北欧人如此认为。大人有责任告诉孩子哪些可以做，哪些是禁止的；哪些是安全的，哪些是危险的。好好讲道理，孩子会听。孩子与父母更像是朋友，胆怯的时候会受到鼓励，做错事要承担责任，没人会说"算了，他还是个孩子"。北欧社会不会为熊孩子买单，需要接受惩罚的是父母。孩子被教育要懂得为自己的行为负责。比如三岁的孩子在外面尿急，父母会急急领他找卫生间。假设父母随便让孩子在公共区域大小便，父母一定会受到目击者的投诉：第一，破坏公共卫生环境；第二，暴露孩子身体隐私（这一条尤为严重）。

说句题外话，北欧孩子在接受性教育方面，可以说是世界上最开放也最保守的。在幼儿园时期，几岁的孩子已经有保护身体隐私部位的意识。孩子一路成长的过程中，性教育从不缺席。性教育不仅体现在和异性的交往上，更重要的是对自己身体的认识和保护。2015 年，瑞典电视台出了一部《小丁丁和小妹妹》（Snoppen Och Snippan）的动画，用可爱的卡通形象，向孩子们讲解男孩与女孩一样又不一样的身体结构。在北欧人眼里，男性和女性的身体是美好的，性也是美好的，但我们在享受它的时候也要保护它，就像大自然是美好的，我们享受大自然的时候也要保护自然。

而在成年人的世界里，文身、头发染成七彩鹦鹉、同性恋、打扮成吸血鬼，你爱怎样都可以，那是你的事。但即便是一个个性十足的"吸血鬼"，也知道不大声喧哗，不打扰他人，如果要抽烟就去抽烟区，不会在大庭广众之下挑战公共规则和秩序，以显示自己的个性或刷存在感。

范围缩小到一个家庭里，做父母的，如果不懂为人父母之道，打骂及虐待孩子，那么政府调查后会立刻带走这个孩子，为孩子重新寻找合适的寄养家庭。情节严重的，还会剥夺其对孩子的抚养权。并不是北欧政府不重视血亲关系，而是政府认为对孩子的保护和教养才是最重要的。在学校里也一样，如果一个老师涉嫌训斥或责骂孩子，那么这个老师不但会被开除，还会永远失去做老师的资格。

素质能力打造美好生活

> 有能力为自己负责，就必须以终生孜
> 孜不倦的学习为前提。
>
> —— 题记

素质是什么？素质就是创造生活并超越生活的修养与能力，它不仅是人品的境界，也是能力的基石。

别看北欧人阳春四月暖阳里，明明是学习工作的时间，却一个个都跑到春日草坪吹风晒太阳吃烧烤，那是因为他们拼命学习和工作的时候，你没见到。对此，经过几番职场拼杀的我是深有感触。北欧人的学习、工作，都是靠自己，没有家长、老师或者老板监督你，要学会自己对自己负责。以宽进严出著称的北欧大学申请和学习就是一例。

自从 20 世纪 60 年代瑞典取消高考制度，无论你是学霸还是学渣，只要准备齐大学录取所需要的所有申请资料即可入学。简单吧？但是难的在后面。因为大学的学习全靠你自己，大学有辅导员吗？有！但那是帮助你规划学习和未来职场方向的，不是拿个点名簿站在教室门口督促你早睡早起不要旷课迟到的。

大学学习全靠自觉。上课、学习、考试、到点交作业。老师在网上设置有交作业的时间，逾时不交，哪怕超过一分钟，此设置立刻关闭，这门课就算你不及格。不及格怎么办？学分再修一遍呗！所以浪费的是你自己的时间。

这样的习惯也会延续到以后的工作生活当中，就像每月来的账单，所有的瑞典人几乎没有拖延账单的事情发生，按时交账单是每月底的头等大事。迟交不仅意味着时间计划的打乱，也意味着你为迟交的账单买单。

按时交作业也是一种学习。这种学习的结果就是每个北欧人的自律以及高度的为自己负责的意识。记得当年到瑞典的第一份工作是在市里兼职中心做兼职。填表的时候要写清楚你的技能及兼职方向。兼职方向里，我填了学校和幼儿园老师。要不怎么说工作简历CV容不得夸张呢？在CV里你把自己夸成一个神人都不会有人质疑，因为做工作的是你自己。

兼职中心求职成功，第二天大早就收到信息，去一个学校做一天的兼职体育老师，按小时付费。

体育老师怎么会安排我做？因为我的简历里写着体育特长（作者整整一个学生时代都是在学校体训队度过）、澳大利亚体能高级私人教练（有证，做过健身中心私人教练）。体育方面不敢说有什么造诣吧，但至少算个业内人士。那天准点赶到学校，学校负责人笑眯眯交给我一串体育馆的门钥匙、四张学生名单，OK了！

我一看急了，问："哪个老师带我？"

"没有老师带啊。"

"课程计划至少有吧？"

"没有。自己制订！"

我有点蒙了！老天，此前我连这所学校门朝哪儿开都不知道，人生地不熟的，现在却要完成这个学校总共四个班的体育课教学任务！

忐忑地走进体育馆，强迫自己内心镇定一分钟。上课时间到，第一节课是八年级的，同学们鱼贯而入。

北欧人本来就高，北欧孩子们从小吃牛肉和牛奶长大，十几岁的少男少女们，一个个晃着 180 厘米的个子朝我走过来。压力好大！恍惚间就像看到一群大灰狼向一只小绵羊逼近！有一种石化的感觉！

"老师，我们今天做什么？"一个个张着天真湛蓝的大眼睛，向我询问。

还好，个子再高，也毕竟都是孩子！迅速使自己镇定下来："你们上节课做什么了？"

"打篮球。"

天助我也！篮球我的强项啊！"OK！继续打篮球！名单在这里，自己划上签到的竖线。"顿时觉得自己底气十足。

动感十足的音乐响起，将同学们分成若干小组，三人篮球赛制，玩起！

现在想来那节课真是有惊无险！能对付的瑞典语，能带课的技能，足够的睿智与胆量，缺一不可。作为一名老师，你总不能在课堂上无法与自己的学生交流吧？抑或流露出怯场与不自信，这都是为人师表的败笔。在北欧人生中第一次的工作经历，就这样深深印刻在了我的脑海里。

既然是拿薪酬在工作，就要立刻上手，没有人会听你倾诉不能胜任的难处。这人生中的第一课犹如一个警钟，令人深深意识到没人会为你的失职买单，你要永远学会为自己负责！你也可以说这就是职场的冷酷，但是这种冷酷会让人对你所从事的事业心生敬意和成熟。

由此可见在北欧司空见惯的、为进入职场做准备的实习是何等重要。没有工作经验怎么办？实习！这里不妨说工作是冷酷的，但实习是温情脉脉的。北欧的孩子们在中学的时候就有机会参加学校安排的各种实习，比如服务行业的侍应生、各种店的小工等，通常两到三周。

高中以后会去幼儿园及老人院或者公司实习。到了大学，则会选择跟专业接近的更具有针对性的实习。所有的实习都是免费的，目的就是让大家了解各行各业，熟悉社会的运转。实习期间会有专门的导师带，耐心细致地教会你每一个工作中的细节。因而一旦到了正式走入职场的那一天，受过这番系统教育的北欧人在职场上都有着各自清晰的规划。相反，像我这样的新移民，因为没有经历过系统的职场预备实习，各种工作都是骤然接手，立刻投入，就觉得压力好大。但是一旦熟悉了，就又觉得工作还是蛮轻松的。

这种从工作学习中延伸出来的自律以及自我负责意识，也会贯穿到北欧人生活中的方方面面。这两个词的另一种解释就是：不断的自我充电与独立！北欧人的自我充电能力与独立那是出了名的。孩子自己带，房子自己买，在宜家买回来的家具都是自己组装。动手能力强的北欧人，搞不好买一块地皮，立刻变身集房屋建筑设计师、泥瓦工、室内装修设计师等为一体的家居达人。

北欧人品质的另一个优点就是懂得承担责任。任何自己犯的错误，不会归咎于他人。比如北欧临海，到处是河流湖泊，所以每一个北欧人必会的本事就是游泳。如果孩童阶段没有学会游泳，到学校以后的体育课要继续学。

在北欧，游泳已经不仅仅是个人爱好兴趣，已经成了生存必备能力之一。因为学会游泳是对你自己负责。每个人都不是不懂事的孩子，这是一个有自我约束行为、懂得遵守社会公共秩序的成人社会。大河边如果说有防范，除了定距离摆放的救生圈、半米高的铁索栏杆，就是一个"危险提示牌"。这样的情况下，如果发生掉到河里的事，当事人的官司也是打不赢的，因为政府已经做过提示。

这也像北欧国家的公交车一样，上车自己刷卡或买票，前门后门中门上都行，司机真的只是负责开车。这样的情况下，买不买票，就凭你自己的自觉意识了，因为车厢内已经做了"上车请买票"的提示。所以一旦被随机查到逃票，即便你有千般的诸如丢钱包、忘带车卡等理由，检查员是不会听你任何解释的。1000多克朗大单照样罚来，不仅如此，个人清白的记录上还被抹黑一笔。

有能力为自己负责，就必须以终生孜孜不倦的学习为前提。谁都知道北欧人工贵，但是在实习阶段，通常却是没有工资的。但北欧人不以为意，即便用去了很多可以工作挣钱的机会，对于不熟悉的领域，永远都是抱着先去实习了解的态度。我所认识的一位曾经在公司做行政高管的瑞典朋友，后来想转行做技术。理工大学学习期间，不断利用假期申请参加所有针对本专业免费的实习，为的就是为以后的工作打下理论与实践相结合的坚实基础。而我所认识的很多外国移民，却对实习的必要性没有特别大的触动。

我在幼儿园工作期间，曾接触过一位移民，学校派来实习三个月。结果在三个月里，不是迟到就是请病假，或者索性悄无声息地不来，人在哪儿都找不到。在工作态度上也永远都是被动。

有时休息时坐在那里聊天，她就用不流利的瑞典语述说实习的烦恼，比如工作连工资都没有、没有洗衣服时间、没有照顾孩子时间。她声明曾经在原来的国家读过大学，将来的目标是申请大学研究生，现在的一切只是过渡。有时看我积极投入地工作，她还小声告诉我不要太相信瑞典人，瑞典人都是假热情，实际都很冷漠。

其实这位移民同学的思维和做派代表了一部分移民的想法，总觉得有关部门安排他们做免费的实习是在欺负自己、以实习的名义免费用劳力。工作中不尽如人意，则又抱怨瑞典人对移民就是歧视。所以，有时做一个对自己负责的人看似简单，其实是很难的一件事。

整个国家都是孩子们的游乐场

> 在各式各样的玩耍中，孩子们天性中的某些兴趣得到了极大的释放。
>
> —— 题记

恨一个人，就送他到北欧，因为那里"好山好水好寂寞"，爱热闹的人，也许会闷死在那里；爱一个人，就送他到北欧，因为那里"春日草坪烧烤晒暖阳，夏日湖边垂钓驾船出海，秋日森林采蘑菇，冬日高山滑雪"，不亦乐乎。北欧人爱玩这些，也会带着孩子们一起玩。每年的滑雪季，才会走路的小围兜们就会穿着厚厚的连体滑雪服跟着妈妈爸爸一起滑雪。盛夏时节，如果不出国旅行（北欧人爱旅行，全球排第一），北欧大大小小的森林湖泊简直是父母和孩子天然的避暑胜地和水上乐园。

对于热爱户外运动的北欧人，购买户外运动行头是毫不手软。除了加拿大的始祖鸟，深受户外运动爱好者喜爱的瑞典人 VIVTOR HAGLOFS，于 1914 年创立于瑞典 Dalarna 的 Haglofs 火柴棍，以及自大明星刘烨的混血儿子小诺背了以后进入国人法眼的 FJALLERAVEN 瑞典小狐狸国民包等，都是深受北欧人青睐的性能良好的顶尖户外运动装备。北欧人为"进山下海"投资的装备，跟从小在幼儿园里学到"没有不合适的天气，只有不合适的衣裤"理念是一脉相承的。

秋日森林采蘑菇

所以，北欧孩子们的业余生活里都在做什么？玩！对了，就是玩！就这样玩着长大。在各式各样的玩耍中，孩子们天性中的某些兴趣得到了极大的释放。

一般的学校到下午两点课程就结束了，这时候父母还没下班，不能来接孩子。学校组织的丰富多彩的课外活动科目成为孩子们的首选。除了学校组织的课外活动（Ffitid Pedagogisk）比如声乐班、小提琴课，或者母语班，亲近大自然是北欧孩子们最主要的功课。在与大自然的亲密接触中，大自然就像一位老师，为孩子们解开了数不清的奥秘！

春天，老师会带孩子们到原野中散步，一边拿着树木的标本册，一边去森林里"实地检验"一番，看看树叶发芽。悠长的夏季，北欧阳光充足，老师们不会让孩子们错过沐浴在大自然的阳光里的机会。秋天，老师带领孩子们去森林里捡回来各种颜色的树叶和松塔，回来粘粘贴贴，用树叶做成的狐狸、狼、圣诞树就出现在各个班级的墙上。

　　到了冬天，经久不化的雪给了孩子们无穷的乐趣，堆雪人和雪窟都已经太小儿科，森林里、草坪上，大大小小积雪成冰的坡地成了天然的滑雪场。孩子们一人一个滑雪板，从高高的缓坡上急速滑下，孩子们乐此不疲！

　　这些从小培养起来的孩子们对事物的探知欲望，为以后长大的一代人在科技、医疗、人文等不同领域埋下了创意思维的伏笔。虽然也许北欧孩子们的数学学不过亚洲甚至中东孩子，但是在日后的新科技创造发明领域，其成就是其他国家的孩子远远不能超越的。比如最负盛名的全人类第一张母体子宫胎儿照片，就是瑞典人拍的。如今看来拍一张胎儿三维或者四维照片如此简单，但是在生命萌芽的最初、一切还是未知数的时候，这样一张划时代的让世人认识生命的照片，让人类对自身生命的探知又前进了一大步！

冬日的乐趣："雪球屋"

除此之外，抱着"人们生活中可能会需要什么，我们就发明什么"为发明宗旨的以瑞典为代表的不断发明创新国家，世界上第一台家用吸尘器、电冰箱、安全火柴、饮料的纸质包装、汽车领域的三点式安全带、医疗领域的心脏起搏器、心电图记录仪等，都是瑞典人的发明创造成果。而丹麦人研制的让全球孩子、青少年甚至成人爱不释手的、锻炼人的大脑和动手及创意能力的乐高玩具，更是让孩子们在孜孜不倦的组装中无限地激发着大脑的创意思维能力！

为了充分发展孩子们的天性，政府煞费心思，说整个北欧都是个大游乐场也无不可！我所居住的哥德堡，大大小小的儿童玩乐沙池估计怎么也得几千个。森林腹地的这个儿童乐园可说是景色最好的一个。新装修的乐园完美地体现了设计者的理念。

以前的海盗船现在变成了一条大鲸鱼，集滑梯、鱼腹探险、攀缘等为一体，锻炼孩子们的攀爬能力，多攀爬的孩子长得高、身体协调性好。至于滑梯、供攀缘的坚韧麻绳结成的蜘蛛网型的绳梯、摇马、爬竿、轮胎底座的秋千等，有的甚至高达两米，就是由着孩子们攀上爬下。

这些设备通常建在沙池里，摔下来也不会太疼。一方面可以玩沙，堆沙堡；另一方面保护孩子们，摔倒或跳下来的时候有缓冲，不至于受伤。设施的设计通常都考虑了对孩子身体力量和柔韧度的有效性。这个主题乐园藏在景色如织的森林深处，孩子们一见那些绳梯、蛛网、滑梯、秋千什么的，无不兴奋至极，踊跃地投入了疯玩的海洋。哥德堡多雨，但撑雨伞者鲜见：一是哥德堡风大，伞骨容易折断，二来人们从小都习惯了冒雨游玩。话说哥德堡三天一大雨，两天一小雨，随身带伞确实麻烦。怎么办？从衣服上入手！

不论刮风下雨，孩子们每天至少两小时以上的户外活动是必不可缺的，这是法律规定，就是周末由妈妈爸爸带也不例外。因此准备孩子们的行头成为重中之重。夏天的雨鞋、雨帽，冬天的靴子、防水保暖的连身衣裤或具有同样作用的棉衣棉裤、防雪手套、棉帽等，一样不可缺。春秋下雨有雨衣雨裤，冬天有既防雨又保暖的连身棉衣。

孩子们长得快，这些行头差不多一年一换，比如七八百克朗一件的连身冬装，即使贵，也得一年一买，孩子的健康第一！普通一件小孩衣服，卖到八九十克朗乃家常便饭。怎么办？互赠旧衣服成了瑞典人家的一种好传统。

孩子大了，衣服小了，洗干净折好放在那里，遇到朋友有孩子就赠出去，环保又节约，何乐而不为？甚至遇到路人，看到你抱着孩子，也会善意地问你是否需要旧衣。如果实在无人可赠，那还有一个地方：二手店。二手店又叫慈善店，卖出去的东西获利全部赠给非洲难民国家。

不论刮风下雨，户外活动是孩子们重要的一课。由此培养起来的坚韧毅力也可见一斑。记得有一次在幼儿园参观的时候，遇到一个暴风雪的日子，天气恶劣得可怕，可那天刚好是去森林博物馆听音乐会的日子。从幼儿园走到博物馆需要 15 分钟。看到这样的天气，满以为行程会取消。谁知，老师依然招呼孩子们准时穿衣出发。

一路上孩子们顶风冒雪，还是两两手拉手走，叽叽喳喳谈天说地，情绪一点也没受到影响，反而更加兴奋。所不同的是那天多跟了一个老师。回来的时候天已微黑，真的是顶风冒雪去，踩着冰水摸黑回来。然而对大家来说，这是习以为常的事情。

这些北欧孩子们习以为常的事情，在很多新移民父母那里却成了提心吊胆的冒险。主题乐园附近通常有咖啡供应，女儿小的时候，一次和一位刚从中国移民过来的朋友带孩子去主题乐园玩。我和朋友人手一杯咖啡，正准备享用。忽然耳边传来朋友失色的大叫："宝贝！小心点！别爬那么高！小心摔着！下来！快下来！"吓得我一口咖啡差点呛到！

　　一看，原来朋友6岁的孩子已经和小女爬到了高高的大鲸鱼背上，大概有两米高。玩得正起劲的孩子听到妈妈的呼喊，停下来，准备像别的孩子那样往下面沙池里跳。朋友立刻来了个百米冲刺，几个箭步跑过去从上面将孩子小心翼翼抱了下来。过了一会儿，又听见滑轮水车那边传来朋友的大叫："怎么回事，大冬天的，叫你别玩水车的嘛，看看，衣服袖子都湿了不是。小手冰凉！"

　　孩子们在场子里撒欢追着玩，朋友又神经紧绷："宝贝，别跑那么快，小心摔倒！"玩了一下午，耳朵里充斥的都是朋友的呼叫和叮嘱。也难怪，旅居新地方，磨合总是需要一些时间的。而小女各种兴趣班上则玩得不亦乐乎，往回走的时候，连体棉衣的屁股后面因为坐在湿漉漉的沙池里，湿了一大块儿。朋友代我数落：看吧，衣服湿成这样，回去准感冒。我还没回答，玩得脸色红扑扑的小女抢先回答："Det gör inget！（没事儿！）"

　　我看到女儿的小伙伴，正偷偷地看着小女笑。聪明可爱的小姑娘，有一天说不定也会对着妈妈的数落来一句："Det gör inget！"

　　城市里，只要有社区的地方，必定会有儿童游乐场，沙池、轮胎做的秋千、滑梯几乎是标配。在乡下，有大大的别墅和院子，北欧人更是将游乐场搬回了家，在自家院子里建起供孩子们爬高下地的木制"游戏木屋"或树屋。80%的北欧人都有乡下度假屋，或者孩子的爷爷奶奶会在乡下居住。城市与乡下距离不远，通常开车不会超过3个小时，选一个周末，自驾就过去了。

　　游戏木屋的尺寸比正常木屋会小一圈，有模有样，孩子们在小木屋过家家、开商店，当真好玩。乡下别墅区走一走，有孩子的人家，院子里几乎都有非常宽大的蹦床，满足孩子们"飞"的愿望。

　　释放身体能量，"疯玩"只是一方面。无论城市还是乡村，走哪儿都不缺的涉及自然科学、历史、军事、海洋、艺术、体育、船舶等方面的博物馆、图书馆、儿童戏剧院等，也深深吸引着孩子们。哥德堡市立图书馆，一楼专门辟出偌大的亲子阅读空间，铺着厚厚的地毯，设计了弧形的书架，摆放着好玩的玩具，给孩子们和家长们创造出城市里的"图书森林"。有时候，还有专门讲故事的人，穿着国王或灰姑娘的衣服，让围坐一圈的孩子们体会到沉浸式阅读。女儿小的时候，我经常带她去那儿读书、画画。上小学之后学校会为每个孩子办借阅卡，直到现在，上八年级的女儿还经常去市里图书馆借阅图书。

　　要说我居住的城市哥德堡最好玩的地方，应该是毗邻城市森林公园的自然历史博物馆，博物馆里有上千种鸟类标本和鱼类标本，镇馆之宝是世界上独一无二的一条芒特蓝鲸标本，以及一头巨大的非洲大象标本。除此之外，还有各种矿石标本。北欧盛产白水晶和紫水晶，博物馆里有很多做成项链、手环和心形摆件的水晶工艺品。有一年回国探亲，女儿建议我买好看的心形水晶给我的朋友们。

　　回国拿出水晶，我大学最好的舍友接过折射着五颜六色光芒的北欧天然五彩水晶，以为是人世间独一无二的那一颗，那叫一个激动，连忙谢谢我女儿。没想到我的小熊女，"啪"拿出了一麻袋，让我舍友随便挑。

　　那一刻，我舍友说，看到那一麻袋水晶，她的心都醉了！

尊重与倾听：爱的前提

> 在孩子们心中，有一个用丰富的想象力构建的第三空间，成人们若不蹲下身去聆听，是永远无法到达这个奇幻的空间的。
>
> —— 题记

一直很好奇瑞典孩子们在幼儿园，老师那是连句重话都不能说的，那么遇到实在很调皮、很不听话的孩子，该怎么办呢？孩子毕竟是孩子，连上帝纯洁的白羊羔群里都会有那么一两只不听话的黑羔羊，何况这些令家长老师头疼的熊孩子？

在幼儿园，我见到了老师对"熊孩子"的教育。一句话概括，耐心第一！爸爸妈妈打孩子都要受惩罚，老师更不能够了。比如晨会的时候，一贯调皮的孩子又在捣乱，一分钟也坐不安稳。老师多次命令无效，多半会请他暂时站到一边去。但站到一边也无所谓，熊孩子照样玩得开心。其实幼儿园的老师们个个必修的第一课就是儿童心理学。

俗话说：小孩脸，六月天，说变就变。说的就是孩子们情绪变化大、阴晴不定。心理学做出分析，有时孩子闹，如果不是累了，多半是想引起大人们的注意。但是幼儿园是个公共场所，不能只顾自己的感受而忽略了其他孩子们的感受啊！这时老师可能会针对这样的状况，来个情景剧分角色扮演。

比如一次演唱会，熊孩子扮演的歌手卖力表演，但是周围坐的大家都不认真听他演唱，说话的、打闹的，乱成一团，连老师扮演的猫头鹰博士都溜到一边打瞌睡去了。看到这样乱哄哄、没有一个人听他演唱的场面，熊孩子都快被气哭了。

这时，老师再一次要求大家安静，按照正常的演唱会秩序再来一遍，熊孩子演唱，大家不但专心听还随着节奏拍手。看到大家这么捧场，这下，熊孩子的"虚荣心"、自信心得到了极大的满足。此时此刻，老师再趁机进行引导，让熊孩子对比两次演唱会的结果，告诉他，做人要懂得尊重别人，他不喜欢的场面，别人也不喜欢。熊孩子重重地点头，算是得到了深刻的教训。

其实说起来，不要以为是熊孩子运气好碰到一位好老师，这位老师的做法，只是北欧教育体系呈现的一个缩影。就在20世纪五六十年代，体罚还是北欧诸国学校里的家常便饭，熊孩子们没少受到严厉的老师们拎耳朵、打手心等体罚。

20世纪70年代以后，随着保护儿童权益呼声的加强，1979年以瑞典为代表的北欧诸国先后立法，严格禁止对孩子的体罚。任何形式的体罚，包括打屁股、扇耳光、拉扯头发和鞭打，甚至是对孩子眉头深皱，或者大声训斥，在如今的学校教育中都是不被允许的。

北欧的孩子们率真无忌，什么都敢讲，所以老师和家长双方的言行都格外注意，生怕给对方引起什么误会。因为在学校里老师有权询问学生在家里的状况，有无被父母打骂等。如果看到孩子身上有可疑瘀伤，那是立刻要问家长的。如果家长也说不清，或者闪烁其词，学校毫无疑问会立刻报警，没得商量。

在家里，父母也会每天问孩子在学校做了什么，有无状况发生，如果发现老师有体罚孩子，父母可以投诉学校。这方面，学校是一点儿不会马虎的，如果调查属实，该老师不仅会自动"下课"，履历上有这样的记录，还会永远失去当老师的机会。所以学校家庭双方对待孩子言行都格外小心。

有一次，我和孩子爸爸大熊打闹，当时上一年级的小女看在眼里，问："妈妈爸爸你们在干什么？"我开玩笑："宝贝快来救妈妈，爸爸打妈妈！"吓得大熊赶紧纠正："嗨，亲爱的，可不敢这么说！她会当真的。"然后立刻蹲下身跟小女解释："爸爸在跟妈妈玩，不是真的在打闹。"哈哈，生怕小女口无遮拦，说去给老师听了引起误解。

后来我自己在幼儿园工作，听到好多可爱的童言。因此每学期家长会时，幼儿园老师会明确向家长们提出建议，幼儿园、社会和家庭是一体的，妈妈爸爸更是孩子的镜子，说什么、做什么，在孩子面前，都要想一想。

"在幼儿园里没有秘密。"院长意味深长地说，温和的目光扫视过新手父母们。

孩子性格成形期尤其敏感细腻，老师们更通常的做法是选取孩子的优点，因势利导。比如某个熊孩子虽然调皮，但计算的能力特别强。那老师会请他为大家在晨会上念年月日，让他报数。做完之后，给他一个大大的表扬。除此之外，对那些"屡教不改"的熊孩子，老师还要和家长沟通，看看这些孩子的家庭背景状况。

众所周知，北欧人信奉爱情高于婚姻，不爱了马上可以离婚。何况还有那么多并无婚姻约束的同居伴侣。孩子们小小年纪，基本都可以接受父母离婚这样的事实。离婚后，从孩子的抚养角度和家庭抚养费角度，很多离异的父母会选择当"星期妈妈"或"星期爸爸",就是一人一周轮着带孩子。即便以后双方各自交了男女朋友,大不了带着孩子约会。北欧这边的父母是真爱孩子,才会生孩子。否则一辈子就选择不要孩子。所以如果有了孩子,无论何种情况下,对孩子的疼爱和教养责任都不会减。

可能有时人们会不理解西方家庭既然是爱孩子,却又为何那么不负责任地离婚、给孩子以伤害。在这一点上,于我们相悖的观点,在北欧父母那里恰恰是相合的。北欧父母正是为了减少孩子受到的伤害,才不会以"为了孩子"的名义凑合过。在将孩子当成小大人看的北欧人这里,父母离婚时不会隐瞒孩子,他们会认真找孩子谈,告诉孩子父母的决定及为什么要做这样的决定。孩子即使当时不甚明白,但长大之后就会明白。我身边跟着星期父母长大的朋友比比皆是,个个身心发育健康,几乎没有听到过有人抱怨"就是因为当年父母离婚,我才怎样怎样"。

所以说在北欧,父母的离异对孩子造成的伤害确实是有限的,因为社会这个学校也在时时刻刻教育着孩子们一路长大。我们中华民族的先祖大禹,治水时流传下来的"堵不如疏"的理念,在北欧教育对待孩子身上很好地被应用了起来。相对于其他许多国家对孩子玩电脑的避之不及,北欧学校却恰恰相反,不但留的作业鼓励孩子们善于用电脑搜集大量信息,尤其还给一些移民学生们发电脑带回家,学期结束归还。我曾经教过课的一个瑞典学校,对待国际语言组学习语言的新移民学生,就是一人一台超薄笔记本,让大家带回家,以便更好地学习语言和了解北欧生活的方方面面。而北欧本土家庭平均每家都有两三台电脑,对于电脑,家长们不会如洪水猛兽般预防,定下规则即可。

遵守规则是北欧孩子们从小围兜的时候就逐渐培养起来的意识,比如欧美家庭流行的每个周六的"周六糖果日"，这意味着只在周六这一天才可以吃糖果，平时是不可以的。所以孩子们都知道，也都遵守。还有就是"周末电脑日"，只在周末孩子们才可以用电脑打游戏、上网。平时的电脑只是用来学习，或听听音乐。规则定了，你就无须担心孩子们会偷着玩。对孩子予以极大的信任，是帮助其建立起内在自律系统的前提。

话说有一次，我的女儿因为一个小小的过错，罚她两个月之内不能吃她最爱的冰激凌。结果一个月过后的某一天，忘了这件事，路过冰激凌店，一时好兴致请女儿和自己吃冰激凌球。女儿看着冰柜里五颜六色的天然浆果染就的冰激凌，咂巴咂巴小嘴："妈妈你忘了，你说的两个月之内我不能吃冰激凌。"那一刻，我真的为女儿的守约感动！好吧，和女儿一起等满两个月！都说父母是孩子的一面镜子，其实孩子又何尝不是父母的一面镜子！

森林里的小木屋

和父母一起参加活动的孩子

　　诚如北欧教育向来推崇的个性化教育，怀着对个性的尊重和诚意，注意给孩子以极大的成长空间。北欧森林成海，很多幼儿园都设在离森林不远的地带。这样，大部分活动以户外为主，有时甚至会露营。幼儿园里小孩子们动手能力超强，平常玩的玩具、用品，都是取自森林中的原木，然后在老师的带领下一点点加工成想要的东西。包括平日抹面包的果酱，都是秋天来时老师带领孩子们去野外采来自制而成。这些孩子对大自然更怀着一份由衷的亲近和热爱。

　　孩子幼儿园毕业升到小学，学校每年夏天还会组织去岛上的夏令营，整整一个假期，孩子们离开父母，在领队老师的带领下，生活在湖边小木屋里。自己煮饭、在湖中游泳、辨别蘑菇与各种植物，学习生活的本领，一个假期下来，孩子们皮肤晒得黝黑，却都洋溢着笑脸，个子也长高了一大截。学生户外夏令营在北欧很流行。

北欧人看重一切，比如家庭、伴侣、孩子，喜欢的工作、喜爱的宠物，但这里面的任何一项，都只能成为北欧人生命里的一部分，而不是全部。即便结了婚，北欧人依然需要有自己独处的时间，孩子也从来不是他们的全部或者唯一。孩子不是父母的私有财产，也不是无意识的玩偶，是社会的财富、上帝的恩赐、无价之宝，但更是朋友。每一个有生命的个体，都是独立的，在独立的基础上，再开始建立各种各样的纽带。

所以北欧孩子的想法从小就被给予足够的尊重，在孩子小小的脑袋里，有着完整的思想体系、天真纯粹的想法，常常令人讶异和敬畏。

这在北欧诸国是父母、老师与社会达成的共识。一棵树长大不只有泥土、水分，还有阳光、雨露、雷电，以及经历大自然所有的赐予和考验。一个孩子就是这样的一棵树。同时，孩子也并非大家想象的那样，难以理解所谓道理。相反，在孩子们心中，有一个用丰富的想象力构建的第三空间，成人们若不蹲下身去聆听，是永远无法到达这个奇幻的空间的。

小小社会活动家：充满爱心的五月花活动

> "五月花"活动发起于19世纪末，
> 是每个瑞典孩子必参与的社会活动。
>
> —— 题记

北欧人有这样一个共性：如果你告诉他做这件事能赚多少钱，他们大多会不以为意。但是如果你告诉他这件事的意义何在，是否有趣，或许还能打动他们的心。比如我在北欧筹建的《唯爱》剧组，剧组是零资，却吸引了很多对影视感兴趣的朋友。如果是有偿，作为一份工作之余的兼职，即便可以赚钱，想必也不会有这么多的朋友加入。

北欧人外表保守冷漠，其实内心自由，充满对人生价值的思考，做一件事，大多取决于自己是否感兴趣，小到小时候的才艺学习，大到成年以后的找工作。一句话，兴趣第一，所以如果在瑞典随便问起一个瑞典人，估计都应该有过学生时代兜售五月花的记忆。

北欧诸国孩子年满14岁可以谈恋爱，16岁开始参与社会实践，18岁可以考驾照，并拥有选举权，20岁出示身份证可以买酒，一层一层，界限分明。这些法律常识通过普及，基本都做得很好。每一个年龄段，孩子们都在规划中不断成长，这里面，学校的教育和家长的引导功不可没。

早早训练孩子们遵守生活守则和锻炼生存技能，是孩子以后进入成人社会必备的条件。雇用童工是被禁止的，但是鼓励孩子们有机会学做一下生意人，却是大大可行的，比如每年五月，孩子们在学校的组织下，会三三两两分组在街头或超市门口兜售五月花。但是北欧家庭和北美家庭训练孩子公平交易的方式又不一样。曾看过很多北美那边的家庭教育故事，教育孩子付出才有得到，通常总会采取劳动报酬化。比如孩子想要一款新游戏机或一个心仪的包包，北美父母们的做法是让孩子通过做家务换取，比如一款游戏机等于一周包括拖地在内的家务劳动，或者一个漂亮的包包等于割一个月的草坪。

这种做法在北欧也有家庭试行，却没有北美那么流行，一个可能是北欧的福利体制好，孩子从出生到18岁，每个月都有1000多块钱的补贴。等到给孩子零花钱的年纪，这笔钱大约也够了。所以大人孩子都没有那么强烈的金钱危机意识。另外北欧人性格相对淡泊，对于想要的东西也可以缓一缓，不大会前一分钟想要后一分钟就要立刻到手。再加上北欧人重设计不重大牌，所以这种等价交易制度，尤其是家庭中的等价交易制度，一时还形不成气候。北欧人认为培养孩子责任感的方法有很多，实在不必将生活过成像做生意。家庭就是家庭，不是生意场。

在北欧，孩子们出去卖东西，不为获得，而是为了更大的付出。也不只是为了做生意，而是更有意识地让孩子知道通过自己的努力可以帮助别人，是有意义的事情，当然，通过不同方式利用业余时间参与社会公共活动，也会得到锻炼。比如瑞典学校每年组织学生们兜售的五月花，就是一个已有百年历史的传统。

"五月花"活动发起于19世纪末，是每个瑞典孩子必参与的社会活动。

彼时肺结核肆虐欧洲，很多孩子未能幸免于难。当时在北欧瑞典第二大城市哥德堡发起的"五月花"组织，目的在于帮助儿童肺结核患者，以及病后的康复。随着科学的发展，肺结核已经不再是不治之症，但是"五月花"组织却保留下来，成为瑞典最大的儿童服务组织，目标在于改善儿童的生活状况，解决儿童贫困问题。目前五月花儿童组织则主要针对非洲贫困国家，及战乱国家的儿童贫困改善问题，"五月花"筹得的善款，都会通过国际组织有规划地捐给这些国家。

瑞典及整个北欧的孩子都比较羞涩，如果为了大人的娱乐而让孩子在客人面前表演节目，那几乎是不可能的事，孩子们会明确地说 No。当然大人们也不会这么做。而如果是参加学校的"五月花"活动，走上街头去兜售包里的小花朵，孩子们则变得坦然又大方，会不断地询问每一位行人是否要买一朵五月花。

兜售五月花不是每个年级的活动，只是针对三四年级这个阶段。所以每年四五月你会看到整个瑞典大大小小的城市有一周的时间，有大约 10 万名 10 岁左右的孩子们在兜售五月花。而街头的行人们都是从那个时候过来，深知其意义，而且，谁会忍心拒绝一个孩子的眼神？这样，很多行人的胸前、包包上，都会出现这朵美丽的小花，为春风料峭的北欧街头平添一抹亮色。

胸章做成五月花的样子，有别针，可佩戴在胸前。花的样式一样，但颜色每年都不一样，每年采用什么颜色的花，组织公布几种参考方案，由孩子们投票决定。价格从 10 克朗（相当于 7.5 元人民币）到 50 克朗不等。现在我这里的两个 50 克朗的 VIP 铁质五月花，一朵蓝色，一朵藕色。有时出席一些场合，佩戴在胸前，意义倒比一般的胸饰珍贵。

　　除了声势浩大的五月花，升到高年级，孩子们还需要去不同的公司"实习"二至四周，单位自己联系。实习一般在暑期，没有实习费，但会管餐。大街小巷林立的咖啡馆、农场、森林浆果采摘，还有自己父母或者父母的朋友们开的公司，是孩子们的首选。所以有时你旅行到北欧，看到一个半大的孩子在咖啡馆系着黑筒围裙"端茶送水"，或者看到在田头采摘草莓的孩子，不必感到诧异。瑞典孩子们平时个性时尚，但也很能吃苦。当年瑞典维多利亚长公主选择的高中实习，就是在船上擦舯板。实习结束，老板们会认真地评估实习期间孩子们的表现，写好实习评语，寄给学校。学校则依此为凭据，给孩子们一个社会活动课的分数，算是一门成绩。

　　北欧乃至很多欧美国家的孩子们，从小通过各种社会活动培养起来的独立和公共意识，贯穿和影响了其一生。比如每年全球都有大量的留学生，求学于全球各类大学。国际学生公寓就像一个小小的联合国，各个国家的学生齐聚一堂，国外物价贵，饭要自己做、锅要自己洗，从公共厨房、公共客厅、公用水管等公共设施的应用和清洁维护，比如喝过水的杯有无及时清洗、下水道是否总被堵等细节上，就能看出主人们都是来自哪些国家的留学生。这方面，如果入住的是北欧国家的学生，那么物业公司基本不用操心。

　　2021年的五月花是漂亮的玫红色，学生们因为疫情不能在实地售卖，于是在父母及学校的帮助下，开始在网上售卖。我的生活馆所在的玛斯特格区，是个古老的、有悠久历史的传统百年社区，许多上年纪的人小时候都卖过五月花，成年后，作为纪念和支持，也把继续购买每年的五月花作为个人传统。

　　在老人们的支持下，孩子们勇敢地来到我的馆里，问我能否代售五月花？我自然是一百个支持。代售五月花一小步，感情增进一大步。就这样，我的小小生活馆，因为小小的五月花活动，又向时尚而传统的玛斯特格区人民的生活方式迈进了一大步。

可持续的花钱习惯

开放型的贸易主张

> 18世纪，流传着祖先雄心和冒险精神血液的北欧人已不满足仅限于欧洲小范围内的贸易，他们将目光投向遥远的东方古国。
>
> —— 题记

"2006年秋，位于哥德堡歌剧院与口红楼中间的大码头人头攒动。大家都难抑兴奋的心情，举着纸质瑞典小国旗，等待着传奇古船哥德堡号，沿着当年贸易路线航海一圈，王者护航，胜利归来。

"雄伟华丽的哥德堡三号缓缓驶进港，抛下锚停泊在哥德堡码头，两队身着国王护卫队礼服的士兵持枪朝天空鸣放，三层楼高的船舷上洒下象征国旗颜色的黄蓝彩带，人们纷纷上前接住彩带，欢呼声不断。

"在欢呼声里，护航的瑞典国王卡尔十六世陛下与王后缓缓走下船舷。迎接的使臣为国王夫妇献上一个沉甸甸的铁花镶边木盒，盒里，正是重造哥德堡号三号所借用的消失了三百多年的古船图纸。谁都知道，从中世纪以来，发达的造船业是北欧诸国之所以称雄海上的根源，先进的造船工业输出遍及全球，而哥德堡号，正是北欧造船技术的集大成者。得哥德堡号图纸，可说便能掌控整个欧洲海域命脉。

"如今，这价值连城的图纸，就在国王手中。卡尔十六世打开铁花木盒，取出图纸，少顷，高高举过头顶：荣耀归于新海城月见家族！

"随着国王的宣告，人们的呼声顿起，齐齐举起了手中的小旗。顿时，哥德堡大海港码头成了黄蓝的海洋。"

这是我的小说《哥德堡号1745》里描写的，2006年缔结着中瑞两国友谊的，两百多年前的古老商船"哥德堡号"，重造后依当年路线到访中国上海、广东，之后返回哥德堡港口的场景。小说虽然是虚构，但当年的历史却都是真的。

历来有"欧洲伐木场"之称的北欧诸国，当你面对绿海般的森林湖泊，不得不承认这是一片森林之神眷顾的土地。从北欧五国相似国旗背后的结盟渊源，便可了解到传说中的斯堪的纳维亚半岛险要的地理环境。半岛位于欧洲西北角，是欧洲板块最大的半岛，也是世界上第五大半岛。北欧五国中的挪威、瑞典就坐落在此。

斯堪的纳维亚半岛东部为瑞典领土。瑞典西邻挪威，东北接芬兰，南隔波罗的海相望，就是邻居小美人鱼国家丹麦。丹麦生产久负盛名的嘉士伯啤酒，好这一口的瑞典人常常周末乘船去丹麦购买成打的嘉士伯啤酒。瑞典全国水力资源丰富，是世界上湖泊最多的国家之一，比千湖之国芬兰还多四成。所以瑞典风景绝佳，处处入画，在湖里游泳更是瑞典人夏天首选的户外活动。想要了解瑞典地理志，建议看看《尼尔斯骑鹅旅行记》，小人儿尼尔斯带着你访遍瑞典。还有，别忘了瑞典最大、最美丽的哥特兰岛。

从人类社会中存在的最早的氏族公社以物易物始，人们通过贸易，不仅换回了生活所需，也由此打开了向外界敞开交际的大门。这个传统在人类几千年漫长的生命足迹中代代流传，远在斯堪的纳维亚半岛的北欧先民们也不例外。最初的贸易只限于中欧及东欧等周边国家，但到了18世纪，流传着祖先雄心和冒险精神血液的北欧人已不满足仅限于欧洲小范围内的贸易。他们将目光投向遥远的东方古国，并为那些精美夺目的瓷器、丝绸、藤器、珍珠，以及本土从不生产而显得稀缺的茶叶、良姜，甚至胡椒着迷。

北欧气候洇湿寒冷，尤其在农耕时代，关节炎困扰着当时生活条件颇为艰苦的人们。姜、胡椒，皆为大热活血之物，可以极大程度地排除体内寒气。因此当时一引进瑞典，立刻被发现其价值的瑞典人奉为圣品。并为此激发天生的创造力，人们试着用姜汁、黑胡椒和面粉调和烘焙成姜汁饼干，并使其流传下来，成为与瑞典肉丸、达拉木马齐名的国家符号。且配着热酒，成为可口的圣诞专用甜点。

由此继英国东印度公司之后，瑞典亦迅速成立起自己的东印度公司，当时与中国的贸易往来一度非常活跃。瑞典成立东印度贸易公司之后，商人们乘着绚丽豪华的贸易商船"哥德堡号"，最初也是先与印度做贸易。但随着对东方国家的认识和了解，瑞典终于惊喜地发现了中国这个资源富饶的国度，并与之建立起了长久的贸易往来。

瑞典东印度公司以中国临海城市广州为贸易目的地，先用瑞典特产木材、铁、铜等到西班牙换成当时在中国流通的货币白银，再用白银到中国购回瑞典人民奢求的瓷器、丝绸、茶叶，以及奉若神明的良姜、胡椒、桂皮等香料。所以如果你去古旧一点的老瑞典人家里做客，冷不防他们端出一套精致的瓷杯招待你用茶，说不定就是200年前家传下来的中国瓷器。

但历史总是写满传奇和沧桑。1745年9月，贸易完的"哥德堡号"载着满满一船货物从遥远的东方归来，就在快要抵达港口的约500米处触礁沉没。自此"哥德堡号"与中国的贸易中断。直到200多年后的2005年，按照当时"哥德堡号"古船尺寸、外形及性能等重新打造出来的仿古船"哥德堡号"，又一次与世人见面，并沿着当年贸易古船的足迹，重访中国。

正是由于"哥德堡号"的铺垫，后来中国与瑞典的汽车产业方面的合作，似乎就成了情理之中的事。而大贸易的背后，也让人们深刻理解了"以人为本"的含义。这里有个极小的例子，显示了瑞典人无论在哪方面都较真专业的态度：因为合作，大量的瑞典技术人员需要派往北京、上海等地工作，于是汉语在瑞典成了迄今为止颇为热门的语言选项。

虽然汉语确实对西语系的外国人来说偏难，但是瑞典人掌握汉语的迅速程度实在值得我们学习。一个在瑞典的中国人要学会瑞典语并且流利交流，通常需要三年或更多的时间，而同样在中国的瑞典人掌握汉语并达到熟练运用的程度，用时只是我们的一半。

我所认识的瑞典工程师安德士，2011年被派往中国工作的时候，还是个只会说"你好"的对中国文化几乎没有什么了解的瑞典人。但是2013年两年期满他被调回瑞典之后，再碰见他，不仅流利的汉语让我惊讶，而且他已经可以用他的汉语查找专业资料、撰写论文什么的。既然汉语学得这么好，我问他何时再去中国工作，他说不知道，要看公司的安排。我惊讶，既然只是暂时派驻中国，何以将汉语学得如此精进，何况在中国的工作，随行都有翻译。他说了一句话，让我沉思良久："翻译的话只是翻译的，自己理解的才是自己的。我需要百分之百的精准，尤其在汽车零件上。"

近两年来北欧包括中欧汽车中心都因为汽车并购的事，欧洲汽车技术工程师和中国汽车工程师一起研发的合作项目越来越多。

为此，这样的公司干脆开起了中国文化语言及文化培训班，掌握简单的汉语，了解更多的中国文化，就是为了更畅通无阻地和中国同事们交流。由于工作关系，我时常担任这些公司的中国文化培训师，上课的时候有时给这些工程师们介绍一些中国古代的工程技术，比如都江堰。引得这些国外工程师们着迷，赞叹中国人蕴藏在技术里的智慧。

有钱不要一下子花完

挪威从来不以石油国自居，整个国家踏踏实实，生在斯堪的纳维亚半岛，依然遵循"一粥一饭当思来之不易，一丝一缕恒念物力维艰"的简约的传统。

——题记

挪威风景如画，森林、高山与湖泊造就了近年来声名鹊起的冒险家乐园：挪威大峡谷。大大小小、惊心动魄的高山滑雪场也让冬季户外运动爱好者们过足了冰天雪地里使劲撒欢的瘾。而一部《挪威的森林》，又为小资们及时送上羽毛般轻柔的撩拨。一切的一切，都让这个国家要成为人们以为的旅游胜地。

可是，如果真是这样，那么你就太小看隐形土豪国家挪威的国家实力了，因为支撑整个国家经济的，是秀丽的山川下汩汩流动着的黑金液体：石油！

1969 年 12 月 23 日，圣诞夜前夕，一个改变挪威国家命运的"大礼"横空出世：石油公司 Phillips Petroleum 通知挪威政府，他们发现了埃科菲斯克油田（Ekofisk）——世界上最大的海上油田之一。

这个惊人的发现犹如一颗炸弹，投进挪威人民平静的生活。想到北海另一面的荷兰，因为发现了石油，而过度依赖这单一资源，导致其他产业衰弱，整体国民经济滑坡的前车之鉴，因此，短暂的惊讶和惊喜过后，政府和人民随之想到的不是如何利用这一资源发财，而是——石油会对挪威产生什么影响？

就像人们的生活中，钱是不可或缺的，但却绝不能沦落到被钱奴役。挪威人也在石油黑金里看见经济腾飞的曙光，但这曙光却绝不能瓦解挪威的工业和人民的价值观。于是，一个名为"蓝色巨鲸"的石油基金被孵化出来。

1990 年，挪威国会立法成立了政府石油基金（Government Petroleum Fund），此后挪威从石油中赚取的每一克朗都被存入这个基金，并且只能被用于投资海外市场。2006 年，石油基金改名为政府全球养老基金（Government Pension Fund Global），但它更为人所熟知的称号是全球最大主权财富基金，一只在全球资本市场游走的巨鲸。目前这只基金拥有全球上市公司总市值的 1.4%，投资分散在 73 个国家和地区，在超过 9000 家公司里占有股份，包括苹果、雀巢、微软和三星等。

眺望浩瀚的挪威海上形如古堡般的钻塔，你绝对不会想到，这个北欧小国，通过良好的国家调控，将石油——这种地球赐予我们的有限资源，转换成了供养全国人民衣食无忧细水长流的盛宴！

流行在挪威的一句话，很好地概括了挪威社会对石油财富的观点：挪威石油属于挪威人民。如果用几个关键词概括挪威石油运作，那么这几个关键词一定是：国家力量、平准基金、关联产业。

挪威石油开发的本质，从一开始就未雨绸缪，极力避开容易一夜暴富的"黑金诅咒"，而开发出了具有挪威特色的大象无形的石油财富运作模式。崇尚自然的挪威，通过科学规划和理性投资藏富于民，成为全世界不可再生资源利用的范本。这种模式既有别于中东式的财富暴增，也不同于私有制风行的西方模式。

与冰岛可再生资源地热资源相比，挪威的石油则属于不可再生地下资源。挪威政府与国家调控的国家石油公司，也深深地意识到了这一点。所以从开动第一台钻井开始，石油资源就被做了最科学的安排：国家调控，建立国家石油基金！即在国家干扰下，把从地下开采上来流淌的黑金液体变成地上流动的金融资产！换句话说就是由开采石油所得的收益全部转入石油基金，进行储存和管理，同时平行实现这部分资金带来的投资收益。

石油基金可算是一个国家财政未雨绸缪的存储计划，以保证国民经济永远保持在一个相当的水平线上。一旦低于这个水平线，比如当国家预算出现赤字的时候，这时候石油基金就会发挥它的经济平衡功能，调度出一部分资金来进行国家预算平衡。石油基金是挪威国家经济的一大特色，它摆脱了许多国家随时都在担忧的"寅吃卯粮"的局面，而且为挪威人民储存了保证晚年无忧的丰厚的养老基金，得以让整个国家经济平衡、匀速、细水长流地发展。

所有石油均作为国有资源进行调配，所得的丰厚利润再转化成福利返还于人民。在这项国家福利中，受益最多的是国家未来发展的基石：教育事业！在开采中，环保与可持续发展亦成为推动与衡量这个产业的标准。

挪威模式的成功被许多资源大国拿来研究，但其他国家或许可以复制这种模式，但却很难模仿这背后决定它成功的价值观：对财富克制求稳且居安思危的态度、公开透明的管理理念，以及维京时期流传下来的信任和共享文化。

在挪威，石油工人的待遇高于其他人。政府总是尽力为对石油事业做出贡献的人提供更多的待遇和福利，除了投入大量资金在最先进、科学的机器上，也最大限度营造出一个安全、舒适的工作环境，尽可能地让开采石油这项艰苦的工作形成一个良性的循环。直至 2010 年，挪威有赖良性的石油调控与管理，成为人均国内生产总值排名世界第二的国家。丰厚的国家利润和福利调配，让挪威的经济政策、税收和社会福利都具有典型的、浓厚的北欧模式特色，那就是国家利益中人民的福利永远占主导地位。

从短期石油收益到长期全民财富共享，挪威通过国有企业利润上缴、主权基金长期投资的方式探索出一条理性、科学的财富转换道路。整个石油事业中，国民均有权参与决议计划，制定了一个又一个既符合国家利益又深得人心的措施。如除了大力投入教育事业，挪威人民在未来的石油发展上亦达成一致意见，那就是对石油收益基金进行全年不超过 4% 的收益限制来防止过度消费等，这一切无不彰显出这个森林覆盖着的石油之国对更长远的国家未来的责任感和作为一个国家主人的使命感。

据 2021 年 7 月《E24 报》最新报道，挪威石油基金的市值，首次突破 12 亿挪威克朗。随后受股市、克朗汇率和债券市场大幅波动结果的影响稍有下跌，但挪威石油基金目前的价值比过去 10 年的平均水平仍高出 40%。

古话说，水能载舟，亦能覆舟。挪威这个骑在巨大的石油基金"蓝鲸"背上的国家，发现了石油，却就当没发现，除了石油，国家工业的发展一如既往地稳妥。为国之计长远的石油发展政策，也让整个国家人民的心态非常平和从容。挪威从来不以石油国自居，整个国家踏踏实实，生在斯堪的纳维亚半岛，依然遵循"一粥一饭当思来之不易，一丝一缕恒念物力维艰"的简约的传统。

唯如此，每年的全球幸福指数国家排名，北欧五国名列前茅，挪威也从未被甩出前三。

每一滴奶都百分之百放心的牧场

> 听到吟唱，牛儿们无不自发从薄雾弥漫的原野深处循着歌声走来。这是人与自然的一唱一答。
>
> —— 题记

　　四年前，一心向往田园生活的我，打开瑞典购房网，按图索骥，最终在离哥德堡开车两个半小时车程的韦兰姆省找到了我心仪的房子，开启了我的瑞典乡村生活。位于瑞典中部的韦兰姆省不光有瑞典最大的内陆湖——微纳恩湖，还有广袤的牧场。

　　蓝天、白云、连绵的森林，马、牛、羊以及秋季在田野里被打成包的牧草。总之，这里满足了一切我对理想乡村的想象。而更让我觉得新奇的，是拥有无垠牧场的农场主邻居。

　　北欧地属温带海洋性气候和温带大陆性气候，森林广泛覆盖。这些铺天盖地的森林像个大氧吧，保持着北欧气候全年温和湿润，即便在漫长的冬日，雨量依旧均匀。很多初来乍到北欧的人，一到北欧这个天然大氧吧，甚至会出现"醉氧"现象。

　　更难得的是漫长寒冬之后的悠长夏季，从4月中旬一直到10月中旬，都可算北欧农场、牧场的黄金时期，各种饱含浆汁的野草一茬一茬地疯长，

70% 森林覆盖率的瑞典王国

里面还夹杂着牛儿们最爱吃的野生覆盆子、野草莓等浆果。虽然上帝起初并不特别垂青斯堪的纳维亚半岛，除了森林湖泊，到处都是坚硬的无法耕种的石块地，但是因为自然环境保护良好，这些不能用来耕种的石地上野草蔓延，倒成就了北欧畜牧业的发展。

我的邻居瑞典人皮特大叔，拥有上千亩牧场，约五十多头奶牛，算是一个自给自足的小农场主。像瑞典所有大大小小的牧场一样，皮特大叔的农庄虽然算小农庄，但也严格遵循畜牧业规范，否则牧场只有关闭的份儿。

为了减少长途运输对环境造成的污染以及避免为保鲜而添加各种防腐剂，除非本土无法生长的作物，北欧国家一直崇尚最大程度的自给自足。其中奶制品是最典型的一例。

瑞典的孩子从小就惯于喝刚从冰箱里拿出来的本土奶，这也意味着奶源必须是百分之百健康的。所以瑞典奶制品的第一任务，就是完善的牛群健康计划，计划的核心便是像实施全民健康计划一样。对每头奶牛都实行一键制，有身份和注册管理，身份证号通常打在牛耳朵上，这些都是强制性的。只要在联网奶牛数据库中输入牛儿的身份证号，这头牛的出生年月、疫苗接种育种等健康信息一目了然。这不仅有效提供了每头奶牛的健康追踪记录，还可查看疫病信息的大数据，及早防治。

好牛产好奶。要想牛儿健康，阳光、水源、均衡的营养是关键。尤其近年来观测显示，野外散养对牛儿的身心健康有着显著的成效。因此瑞典畜牧业协会规范了牧场的大小，实行电子围栏下的放牧为主、补饲为辅的牧养原则。因此在瑞典的夏日，只要开车途经斯科纳等农业畜牧业大省，到处都能看到散养着牛群的牧场。牧场的草也是精选出来的品种，不含抗生素以及植物生长剂。5 到 10 月底，整个漫长的夏季，牛群都可优哉游哉地生活在广阔的牧场。到冬季回栏，农场主们则早早准备好了冬日里的混合口粮——优质的牧草和玉米，且产自自家农场。

北欧环保一向走在全球前列。据英国《连线》杂志报道，世界上目前约有 15 亿头牛，一头牛平均每天会排出 160 到 320 公升甲烷。统计下来，全球的牛累计每年会排放数百万公升的甲烷到大气层。为了环保，在瑞典甚至整个北欧不看重产奶牛群的数量，而实现每头牛的单产量最大化。

最后，从一滴新鲜的牛奶，到餐桌上各种美味可口的奶制品，标准化生产线下的各种达标指数，如冰点、细菌数、感官指标，及抗生素残留等，无不在严格的质检范围之内。

自给自足，犄角旮旯儿里蓬勃发展的畜牧业，养活了整个北欧一代一代身体强健的人民。如果说瑞典如此先进的畜牧业发展只是小打小闹的话，那么北欧牛奶江湖的盟主丹麦则更出彩。丹麦的农牧渔业及食品加工业一向非常发达，奶制品种类齐全，素有"欧洲乳酪市场"之称。

瑞典乳制品企业阿拉公司最聪明之处在于，身在高度发达的资本主义国家，而深得马克思、恩格斯《资本论》精髓。以北欧经济模式为发展蓝本，采用合作社形式的产权结构，使产权资源最大化。它在合作国丹麦、瑞典和德国分别有几百至三四千家奶牛牧场。这些牧场一起向阿拉公司提供优质奶源，并和阿拉一同拥有其产权。这种共同发展、共同富裕的方式，不但使奶源得到源源不断的充足保障，而且在每一个环节上，始终如一地保证了奶源的质量。

欧盟的牧场很多是开放性的，可供参观和学习。参观者均须戴着口罩、身穿消毒衣，进入牛奶处理中心，在牧场主的介绍下参观。眼看着白白的牛奶在几乎静音的各种仪器里来回折腾，处理好被送到各大奶制品公司，进行最后的包装。一些规模大的牧场，甚至可以直接自己进行最后的包装。

阿拉公司为了健康优质的牛奶，还和庄家们联合制订了农场质量保证计划。计划中最重要的一条就是前面提到的保证每头奶牛的身体健康、心情愉快，这听起来有点不着调，却恰恰是股东们一再强调的关键。所以，除了让奶牛夏季在料草丰盛的原野里尽情地打滚欢歌，冬季的草料及精饲料，也必须来自于国家认定的饲料供应商。比如刚施肥后的粗饲料不能立刻收割，以及每年定期对奶牛场的水源进行取样化验。而且为了避免传染病的发生，奶牛场不能进口其他活家畜。

奶牛场冬季有小牛出生。毛茸茸的小牛被集中在"奶牛宝宝幼儿园"——一个单独的充满着干草气息的恒温草棚里，专门负责向来参观的人们尤其小朋友们卖萌。小朋友们得到允许后可以抱着超大的奶瓶给小牛喂奶。

瑞典人种野草吗？回答是肯定的！这些专门在春季精选草籽种出来的优质野草，夏季成熟经过严格处理后，将以不菲的价格提供给北欧各大超市，成为家养宠物兔、天竺鼠"龙猫"的可口饲料——这可谓牧场区的边缘产业。

　　沿着景色优美的欧洲乡村公路自驾，一路之隔，长满了齐腰高的花花草草的广袤的原野，就是牧场区，用电子围栏隔着。仲夏节前后，很多地区的农场主和村民们，还会举行神秘古老的唤牛仪式。仪式上，选出当地歌声最动听的姑娘，身着民族盛装，对着遥远的牛群，发出似梦似幻仙子般的吟唱。听到吟唱，牛儿们无不自发从薄雾弥漫的原野深处循着歌声走来。这是人与自然的一唱一答。

享受的智慧——让生活成为一种艺术

> 温馨的家庭、谈得来的朋友、以兴趣为前提的工作，健康的皮肤和身材、自信的笑容、智慧的谈吐、良好的生活习惯，对大自然的热爱，这是大多数北欧人对生活的理解。
>
> ——题记

人的欲望是无穷的，而我们的生活是有限的。如何在有限的生活里安排下心中的乾坤？佛说：一花一世界，一叶一菩提。

在北欧人的生活里，极少追求表象的繁盛，更重要的，是追本溯源的本质和对其持有的态度。比如去北欧人家里做客，喝咖啡这样一件小事，不同花色的杯子，主人不会随便给你，而会饶有兴致地让你挑一个你喜欢的花色。如果你挑到的刚好是一个圣诞老人的杯子，主人就会告诉你，这个杯子是哪一年过圣诞节的时候，其时正热衷于学陶艺的外祖母赶在圣诞节前精心为孙儿们制作而成的。一个小小的杯子，珍藏着亲情，珍藏着回忆，又是随时可用的器皿，这就是北欧人对生活的态度，简单的生活背后，往往蕴藏着丰厚的生命轨迹。

杯子虽然只是一件小小的餐具，却是北欧人生活态度的写照。走进北欧人家里，极简主义弥漫每一个角落，东西是冷冰冰的，但是有故事的人，为它们注入生命的鲜活，让它们成为生活里不可或缺的一部分，共同构成有趣的生活。会生活，懂得取舍的人本身，才是简约生活本身。

简约会激发人"少而精"的潜意识。连带那些本不值钱的东西，因为物尽其用的原则，也变得尊贵起来。当你使用又多又便宜的东西时，你对其很难产生珍惜感，可是如果手头的东西就那么几样，你会变着法地使用它们，无形之中提高了它们的存在价值！

在北欧生活，若要问什么是奢侈的？那无疑是人们对生活的态度。而归根结底，无非一个字：慢。

慢起慢坐，说话慢、进餐慢、走路慢，连微笑都是慢慢的，笑意从眼睛里一圈圈荡漾到脸上。在这里所有的慢都直指一个词：优雅！你慢下来，就会看到路边盛开的小花，就能看到生命细节里的繁荣，就能从急于述说者，变成一个好的倾听者。而好的倾听者，在任何圈子、任何朋友中，都是受欢迎的。只有当你学会慢下来，学会无论是用语言还是肢体表达自己，这时的你会给人可以信赖的感觉。

慢，是一种简单而又难做到的生活的艺术和人生的修养，是一切以自己为中心的舒适。有更多自信在里边，所以更多了一份从容。

北欧人去野餐，方格子的野餐毯一铺，随便席地一坐就是一场湖边浪漫的约会。很多北欧人说去野餐，其实带的东西简之又简：一瓶水，一块夹着芝士、鸡胸肉、生菜的三明治，一壶煮好的咖啡，几个便携式咖啡杯；再奢侈点，带着自己亲手烤出来的甜点：纸杯蛋糕、苹果派，那就再丰盛不过了。三五好友说说笑笑，浅浅低谈，夕阳西下，兴尽而归，是一次非常完美而惬意的夏日湖边聚会。即便是烧烤，也是热闹而安静的。一边烧烤，一边聊天，烧烤的重点，还是重在聊天而非烤肉上。

而更多的北欧人，习惯于一个人的社交。有没有朋友一起都不重要，重要的是有音乐和书。夏日去海边游泳的时候，常常看到很多北欧人，一本书、一杯咖啡、一块浴巾，在海边打发掉一个夏日安静惬意的午后时光。

说会物质享受，世人眼中习惯意义上的奢侈品，比如名牌包、名牌首饰，在北欧人这里难得有市场。相比大牌，北欧人更喜欢小众的、具有优良材质和理念的、设计个人风格明显的设计。

就连大名鼎鼎的工业城市哥德堡，过去数年几乎找不到一家LV或者爱马仕店。这些大牌，北欧商场全有，但逃不过打折的命运。打折的意义在于，每个人有钱没钱，都有权享受所谓奢侈的东西。

一个人走在街上，如果想分辨是不是一个本土的北欧人，只看他有没有背着简单的帆布口袋。在北欧时尚的青年男女中，印着不同文字或图案的帆布口袋（大多数印着与环保和文化有关的主题），是最受青睐的。

北欧人其实很喜欢DIY，孩子们从幼儿园起就有各种手工课，经常用笨拙天真的手艺，织一块小小

北欧人必不可缺的夏日烧烤

的地毯，或者串一串项链、手链，献宝一般在圣诞节或生日等特殊的日子送给亲爱的妈妈爸爸。所以在很多北欧父母中流行起一种新时尚，不管公司酒会还是家庭主题聚会，如果没有合适的首饰，只管戴起孩子们送的这些礼物。在一群珠光宝气的衬托里，那些本不值钱的珠子此时都灼灼其华，别具意义，顿时会让你脱颖而出——因为那是爱的礼物！而爱是这个世界上的无价之宝。

没有孩子的单身主义者，或者家里有毛孩子的，则流行佩戴各种慈善、环保等标志着生活态度的装饰，一枚五月花胸章、一根蓝色海岸线腕绳、一条自己不是同性恋却对同性恋持尊重态度的彩虹手链、一条动物保护组织布袋等，无不彰显主人的人道主义情怀。在这些无价的、具有普世价值的装饰品前，一条有价值的奢侈品便显得俗了。

这就是北欧人重内在轻物质的理念：温馨的家庭、谈得来的朋友、以兴趣为前提的工作，健康的皮肤和身材、自信的笑容、智慧的谈吐、良好的生活习惯，对大自然的热爱，这是大多数北欧人对生活的理解。而这些看似简单的生活背后，却是数十年如一日的自律、毅力和习惯的积累。

所以，当我们讲极简的时候，不仅是家居的极简、饮食的极简、交往的极简，更是精神的极简、生活风格的极简。

从 0 到 1：每个人都可做老板

> 北欧高收入、高税收、高福利经济模式，对于大大小小的公司来说，无异于一把双刃剑。
>
> —— 题记

很多国家的人的副职，可能是工作之余再找一份工作。而北欧人的副职是开公司当老板。

说起来，在北欧开公司的条件和手续简单得就像去菜市场买菜。某年和几个朋友瞅准跨国际文化交流项目，一合计，合资 5 万克朗，创办了一家北欧国际文化传媒有限公司。公司小，大家都是股东，各司其职，各出其力，闲暇时实现一点自我价值，公司的创立，倒也蛮有意义。

北欧人外表内敛含蓄，其实内心世界异常丰富，个人创意层出不穷，用之不尽的时候，创办个人公司就成了情理之中的事。另一方面，以瑞典为例，为开拓国家市场，扩充国力，只要 5 万克朗，就可投资移民。这些政策最有远见和最大的贡献，是为本国人尤其移民提供了一个就业出路，正所谓，再不济，也可以开个公司自己给自己打工。政府支持每一个人创业，实现自我价值。

瑞典公司形式多种多样，但是最常见的有两种：零投资起步的贸易公司和 5 万克朗起步的 AB（Aktiebolag）有限公司。两种公司的区别在于零投资起步的贸易公司，以后公司经营中出现亏损，导致公司不得不申请破产，所背负的债务必须由个人即公司法人代表承担，与个人利益挂钩，因为债务须在自己的卡中划付。

在北欧开公司，重要的是聘请一个靠谱的会计师，把税交清楚，每年的财务报表及时呈上。其余的，赚多赚少，就看个人能力了。

5 万克朗起步的 AB 有限公司，就像我们创办的瑞典朱雀国际文化传媒公司，如他日公司经营亏损宣布破产，公司所负债务则由政府承担，个人可以免除债务。且申办公司的条件也异常简单，通常资料齐全，十个月左右公司就可以正常注册经营。不过话说回来，公司濒临破产，这边最通常的方式是卖掉公司。虽然说申请注册公司如此简单，里面不免还会费些周章和时间，有些人懒得大费周章，就直接从别人手里买注册好了的公司。届时一同去银行办理公证、改名过户，买卖就成交啦。

虽然注册公司如此简单，但是很多瑞典人还是崇尚简单的生活理念，觉得开办公司十分占用精力，是件麻烦的事情，所以只是将开公司作为第二职业，颇具玩票性质。即使开办公司，也是零投资的贸易公司，经营一些没有太大风险的项目，有生意的时候接一单，没生意也不积极主动争取，就在那一直放着。

北欧开公司的另一个好处是，税收和生意挂钩，虽然税高，有生意就有税，没生意也不用交税，公司开起来没时间经营就可以一直在那放着。比如我的一个干 IT 的瑞典朋友，因为十分精通汉语，工作之余，申请注册了一个零投资起步的贸易公司，主要以翻译资料为主。在网上给自己的公司建了一个网页，就开始经营，生意也是做得有一搭没一搭。

要问为什么开了公司又不好好经营，答曰：1.体验。我有这项技能，就应该创造体现这项技能的机会。2.体验中等机会。颇有点守株待兔的意思。何况像做翻译这样的公司，根本无须担心破产，不置一桌一椅，完全靠知识挣钱，百分之百安全。怪不得北欧朋友聚会，一问起来，个个都是隐形的老板。

相比于风险系数低的贸易公司，AB有限公司需要深思熟虑地去注册和经营了。现在北欧正常运作的，大部分是AB有限公司，需投入人力物力。北欧人工贵，哗啦啦聘请一帮"打工仔"来自己公司做，那是不大可能的。所以在北欧经营AB公司，很多都既是老板，又是员工。

宽松的公司注册政策，也给很多移民的就业开辟了一条新航道：并不是每个移民都是青春鼎盛、知识丰厚、一身技术，更多的是已到中暮年因为个人生活而定居北欧的。这些移民在掌握一门新语言、适应新环境甚至就业方面，明显处于劣势。如何生存下去？这时，宽松的公司申请政策，就体现出了其高瞻远瞩、颇有远见的优势：帮助就业困难的移民开公司，自己给自己打工，实现一技之长。

比如瑞典街头林立的寿司店，其中百分之九十都是中国人所开。中国人似乎每个人都是天生的美食家，只要开了饭店，稍加点拨甚至是无师自通，边经营边悉心钻研，很快就可以在这个领域混得风生水起。养活自己和家人，过着有房有车一年去旅行一两趟的生活，起码是没有问题的。不过就是要辛苦些，在一些小一点的寿司店，一个老板同时身兼材料采购、大厨、跑堂等诸多身份是平常不过的事。所以北欧饭店不论大小，在午饭时间客人最多的时候，大部分都采取自助的形式，一方面招徕顾客，另一方面老板实在忙不过来。

开饭店毕竟辛苦，所以更多的个体公司倾向于"国际贸易"，尤其是那些有两国背景的移民，在自己的祖国和移民国之间办个公司搭个桥梁，寻找商机。

相比于实体创业，更多精通电脑的瑞典人倒更青睐网上创业。比如在瑞典，两家最大的网店是 Tradera 竞拍店和二手淘宝店 Blocket.se，只要你有货，都可以注册成为其会员，在网上卖你的东西。也可以经常去浏览一下，看有没有自己心仪的东西。二手店 Blocket.se 功能强大，除了二手物品买卖，还可找工作、租赁店铺。我后来位于哥德堡的山顶生活馆，就是在这个网站找到的。

其实不论做什么生意、开什么公司，最主要的是讲诚信。北欧这些高税收国家更是如此。你不可能通过做生意一下成为暴发户，生意越大，单税也越大，且几乎无逃税的可能。一个靠税收支撑的高福利国家，税收政策覆盖人们生活的方方面面，连买一份报纸、一瓶水都要交税。

企图逃税可说是自讨苦吃，不但有大笔的罚款，而且危及个人信誉，以后几乎不可能再有开公司的机会。其实瑞典并非移民国家，但有阵子大开国门，针对海外市场，引进"投资移民"项目，只要50万克朗就可以移民瑞典做生意。好好的一个计划，却被其他国家很多无缝不钻的中介公司和企图以此一举移民瑞典的人利用，大敛钱财，运作了很多空壳公司。即只开户不运营的公司，因其真正目的并非做生意而是借此移民。

眼见开了这么多公司却收不上税，不交税享受福利的新移民哗啦啦进了一大批，瑞典政府大呼头晕，导致最后瑞典移民局不得不扎紧此项政策。致使许多即便真正想做投资生意的人，如今想做这项投资，也是难上加难。邻国丹麦将这些看在眼里，有了前车之鉴，对待投资移民政策更是雷厉风行、慎之又慎，不但生意，连接受移民、难民的政策，都一缩再缩。

很多不愿面对大单税的收入较多的企业大鳄、明星等，避税的唯一途径就是移民国外，因此在道德上也会遭到本国人民的谴责。因为税收是保证国家正常运转的前提，看看幸福生活的孩子们吧，看看那些福利院里体面生活的老人们吧，看看那些躺在病床上亟待救治的病人们吧！当我看到一位工作了一生、交了一生税，曾经是医生的瑞典老人，她身着精致的红色连衣裙，因为风大而戴着英国女王式头巾，在太阳下喝着咖啡，享受她的体面的退休生活。看看这些，你就知道我们交税是为了什么。

都说要看一个国家的教养，就看这个国家四五十岁甚至五六十岁的女人们的教养。而从这个穿红色连衣裙的、面带淡泊微笑、喝着咖啡享受阳光的退休瑞典女人身上，我看到了以瑞典为缩影的整个北欧的教养。

北欧经济模式既然是高福利，就必然对应着严丝合缝的税务系统。此经济模式，对于开公司的人来说，也无异于一把双刃剑。赚得多了税交得也多，个人公司有贸易税、个人所得税，聘请人还有雇主税，五花八门的。但生意不景气时，税也会少很多。有时遇到天灾人祸，比如近两年的疫情，政府发限制令，最好待在家里，五人以上不得扎堆。街上一派冷冷清清，很多商铺门可罗雀。政府及时出台"杯水车薪"计划，但凡有商铺的，可由房东向政府申请租金减半的优惠政策。虽然的的确确杯水车薪，但这一点补助也无疑雪中送炭。

北欧一直致力于钞票电子化，虽然纸币依然在发行和运转，但现在几乎百分之九十都是网络或银行卡付账，或类似支付宝的手机 Swish、Klarna付账，这些都跟银行挂钩。北欧的各银行之间虽然有竞争，但也互相支持。所有银行统一由税务局管理。只要在税务局输入人口号，在各银行之间的存取动作一目了然。所以这就是本来你的工资收入是固定的，忽然连续一段时间你的收入有非正常高波动，税务局可能会发函要你解释的原因。

我在人民大学的一位土耳其同事，忽然得了一笔家族遗产，本来是合理所得，但为了避免大额进账引起麻烦，他怀着侥幸心理，本着"鸡蛋不放在一个篮子里"的原则，将这笔钱分别存入 Nordea、Seb、Sbab、Handelsbanken 等银行。其奇怪的行为顿时引起各银行的警惕，怀疑他洗黑钱或非法交易，冻结了他的存款，并通报给税务局。

虽然他及时提供了收入证明和税务证明，但税务局依然发函要求他解释：既是合理收入，为什么钱要分门别类存入这么多家不同银行？

因此如果是和北欧人有生意来往，即便知道要为此付高昂的税，他还是愿意，因为生活在北欧的人都知道"税"的力量。而且即便他自己没有逃税，如果知道了别人这么做，掌握了证据，他们也会举报。

在北欧这些国家做生意，只要涉及商业，最好都以公司形式进行。这也是公司如此普遍的原因，就像乡下的老奶奶，闲来无事，用毛线勾些小猫、小狗、八爪鱼，或者用废旧报纸折成环保纸框拿出来卖，数量少的，可以上二手交易网或跳蚤市场卖掉，数量多一点，想将自家车库腾出来像模像样经营，则必须申请成立个人公司。

正如此，不管赚不赚钱，起码心里踏实，也许这也就是很多瑞典人和移民乐意做隐形老板的原因吧。

冰火之国"国家破产"的启示

> 冰岛，它像一面多棱镜，遗世独立，
> 又与世界遥遥相望。
>
> —— 题记

你相信这世界上有山怪林妖的存在吗？你也许会说那是讲给小孩子听的啦！但是世界上还真有那么一个国家，大人小孩都真挚地相信那里有山怪的存在。我曾经和一位来自冰岛的朋友聊天，问她是否见过山怪，她竟然说小时候真的见过。看她一脸严肃，也不像是开玩笑的样子。"你看2011年那次火山爆发，就是因为开发商过度开发地热资源，而触犯了山怪。"她抿了一口咖啡。

"开发地热资源不好吗？"我问。

"不是不好，就是不要太快。"

她端着咖啡杯，望着窗外的白云蓝天，也许想起了家乡也有如此光阴漫步的胜景。

"不是不好，就是不要太快。"这句话，深刻体现出了一个典型的冰岛人的思维：凡事顺其自然，过犹不及。开发地热资源是好的，但切勿急功近利。在这里也可以说，冰岛人崇尚的山怪，其实是隐藏于每个冰岛人骨子里敬畏自然的意识。

也许冰岛的国家特质确如其名"冰火之国"，名字起初源于冰岛拥有世界上最多的温泉，所以身在北欧而不去冰岛泡趟温泉，简直对不起人在北欧的虚名。而其一半是火焰，一半是海水的爱折腾的精神，形象地反映了近年来冰岛无论在经济政治上，还是在人文精神上水火相融的特质。

不同于北欧其他几个国家，当瑞典和丹麦还由国王和女王统治的时候，冰岛却独树一帜确定了自己"冰岛共和国"的治国方针，实行共和制。即议会和总统共同执掌立法权，法院执掌司法权，总统和政府共同拥有行政权。总统为国家元首，通过直接选举产生，对政府的行为享有否决权，任期四年，可连选连任；首都是雷克雅未克（Reykjavik）。这样的治国方针不得不说石破天惊。

冰岛实质上进入高度发达的科学工业文明也是 20 世纪 40 年代的事。在此之前，冰岛还与外界鸡犬之声不相闻，过着几近封闭的世外桃源生活。1994 年冰岛加入欧洲经济区，2001 年成为申根签证国。由于担心欧盟渔业、农业政策损害自身利益以及不认同欧盟的管理方式，迄今未加入欧盟。不过仅凭这一点，就觉得冰岛好有个性！

当然，这种个性来源并非无出处。冰岛人有自己的行事原则，在 10.3 万平方公里的土地上，人口加起来不足 33 万。加之生活在类似世外桃源这样的冰雪晶莹之国，冰岛人心灵坦荡得简直像从不知设防为何物的赤子，朴素、热情、天真、坦率是国家公民素质的基调。就拿犯罪率来说，冰岛长期是世界上犯罪率最低的国家之一。生活在这样安全的国度里，冰岛人习惯于用简单的思维去理解生活中的一切。比如天地间最质朴的意识：无条件地相信任何人、本分自律。知道天下没有免费的午餐，所以即便有全球最好的福利，每个冰岛人还会去工作、创造生活，享受钟情的工作给自己带来的成就和乐趣。

虽然冰岛采用的是北美经济模式，但是丰厚的福利制度依然是人民的福音。高福利当然是由高税收来支撑。这一套看似复杂的福利税收模式，在冰岛乃至北欧几个国家的人那里都简单成了一个朴素的生活观：天下没有免费的午餐。这一切井然有序的执行，诚然背后有国家法律的约束，但更多的是出自人们的生活原则。为什么福利这么好还要去工作？这个问题在北欧人那里听起来无异于问"人为什么要吃饭才能活着"一样难回答以及不可思议。也许厚道的冰岛人会这样向你解释：有手有脚有生活自理能力，为什么要靠福利养着呢？

也许这就是国家与国家之间的文化差异，就像我们不理解为什么那么高的福利还要去工作？北欧人也不理解：为什么既想享受那么高的福利又不去工作？因为在这里，福利不仅关乎一个人的生老病死，更决定着一个人的生活品质。

对于习惯于似水流年，岁月静好的冰岛人来说，一切的发展最好慢一点，契合大自然的发展规律才会令稳中求变的冰岛人不致惊慌。另一方面，冰岛人正是因为有这种质朴纯粹又任性的性格，才给了国家成长和发展的机会。比如由于冰岛乃北约成员国，经济模式效仿北美，将低管制的银行业作为冰岛国家的支柱产业。所以 2008 年全球金融危机到来的时候，其他采用"北欧经济模式"的四个北欧国家基本上都滴水微澜，未受任何损失。反而是北美经济模式的冰岛，受到美国次贷危机的冲击，搞得差点"国家破产"。

"国家破产"，听起来耸人听闻，但是那次冰岛政府却能力挽狂澜，从危机里全身而退。在整个世界都在传说冰岛举国危机的时候，心理素质超好的冰岛人日子一如既往，每个人都在安安静静地做着自己分内的事。所以大风来时，政府这棵树闪了几下腰。大风过去，一切又生机勃勃。对于这个性格坚毅又处世达观的民族来说，只要火山还在，湖泊还在，山怪们还在，一切的危机也不过拈花一笑，弹指一挥！

追溯冰岛人民展现英勇性格、奋起反抗的民族史，可留名青史的也就算"保护鳕鱼卫国之战"了。冰岛本身受限于国家环境，第二次世界大战后几十年来，唯一可以依赖的就是海洋资源了。为了有限的资源，冰岛和周边国家发生过数次冲突，其中包括和英国之间三次最著名的"鳕鱼战争"。对于鳕鱼这道西方人餐桌上受欢迎的海味，靠它发家致富的冰岛也是蛮拼的。国家虽然小，冰岛却毫不畏惧地拼力保护自己的海洋资源以及涉及千秋万代的海洋生态环境平衡。

在 1944 年到 1971 年之间，冰岛背水一战，多次对前来骚扰的英国捕鱼船予以奋力还击，甚至不惜以绝交和战争的方式捍卫国家资源，最终创造以小胜大、以蝼蚁之力而撼动大树的传奇，用自己的小土炮将大英帝国轰出了自己的海域。这段历史，直到现在提起，还是冰岛人民引以为荣的骄傲！

21 世纪以后，冰岛改变经济策略，追求经济多样化，开始大量投资重工业。这种国策下，炼铝业发展起来，且经济领域不断自由化和私有化。最初冰岛对于地热资源的应用，大多数被用于国民供暖，但随着科技的进步与发展，近年来地热用来发电也被大大地推广起来。写到这里，不得不感叹，冰岛这个晶莹透亮却又如此像北极光般变幻莫测、令人着迷的国度，它像一面多棱镜，遗世独立，又与世界遥遥相望。就像一个冰雪聪明的女子，既与世人保持着坦率真挚的互动，又不失自己冰雪之姿、特立独行的风范。

无须提醒的自觉

融入生活之中的诺贝尔精神

> 金钱这东西，只要能够解决个人的生活就够用了，若是多了它会成为遏制人才的祸害。有儿女的人，父母只要留给他们教育费用就行，如给予除教育费用以外的多余的财产，那就是鼓励懒惰，会使下一代不能发展个人的独立生活能力和聪明才干。
>
> —— 题记

基于激发人类对自身创意价值的认识，当年诺贝尔对金钱和遗产进行了以上阐述，并在遗嘱中指定将他的全部财产作为一笔基金，每年以其利息作为奖金，分配给那些在物理学、化学、生物学或医学、文学等领域及支持和平事业对人类做出贡献的人。从 1901 年开始至今，每年在其辞世的日子 12 月 10 日颁发的诺贝尔奖，其本身如今已成为北欧人对人类自身探索领域的精神象征。

受新教和北方乡村道德观的影响，北欧文化中，人们天性憎恶铺张、奢侈、华丽和自吹自擂，崇尚勤奋、礼貌、责任感及虚心等美德。

一个半世纪以来，瓦伦贝尔家族的继承者都恪守一句拉丁箴言："存在，但不可见。"这种简约、恪己而又非常自信的处事传统，使这个商业家族在形成庞大规模的同时，仍然保持谦虚谨慎而富有责任感的贵族气质。同时这个家族的气质，也代表了几乎所有北欧"大宅门"的气质。

欧洲人祖上几乎都是尚武的民族，骑士精神是中世纪人灵魂和价值的核心。一个具有骑士精神的人，可以在沙场战死，可以在格斗中丧生，却绝不容许苟活或者被当作弱者施以同情和怜悯。虽然今日的欧洲斗转星移，骑士精神不再作为评判一个人道德品质的标准，但是不劳而获的"拿来主义"依然被视为弱者的行为。坐在我身边的一个8岁的法国小男孩，宁可因为失利独自啜泣，也没有冒充胜利者窃得不属于自己的荣誉。所以在职场熙熙攘攘中，我的心反而变得沉默了。

因为鄙视不劳而获的"拿来主义"，欧洲人尤其北欧人分外崇尚个性化、创新创意化，凡事都乐于独树一帜，各个领域的创新和设计总是在北欧大地如雨后春笋般层出不穷。闻名于世的诺贝尔奖，就是学术界鼓励创新的一个标杆。自从1901年起瑞典化学家阿尔弗雷德·伯恩哈德·诺贝尔（Alfred Bernhard Nobel），将其毕生无论人文的还是物质的财富奉献给世人，他所提倡的"求实、创新和奉献"的科学精神就一直在北欧人的心中流传。在学校教育里，创新教育从小被注入孩子们的意识中，这种教育不是单向的，而是融入整个"追根溯源"的探索之后得出的专属于自己的创意。

我在学校里的学前班实习期间，有一周的主题是"我们喝的牛奶从哪里来"。根据这个主题，老师们做了一个颇有规模的系统体验：先是组织孩子们去郊区的奶牛场参观，参观前农场主讲解奶牛的"饮食起居"：吃什么、喝什么、几点户外活动、几点入栏睡觉。

时值隆冬，奶牛全在棚内圈养。厂区内部有一套从挤奶到牛奶消毒、装瓶的自动系统，通过这个流水线，最天然的鲜牛奶直接被送到各超市售卖。农场是政府指定的可参观区域，孩子们被邀请到农场餐厅内品尝奶酪、酸奶等各种奶制品。走时还有一个小小的印着奶牛宝宝的牛奶杯赠送。

回来之后，老师们要求孩子们自己创作一个有关奶牛的作品，体裁不限。于是，奶牛们出现在孩子们的画作中、泥塑中、故事中、歌词中，以及即兴表演中。

一趟参观奶牛之旅，激发了孩子们如此强烈的创作兴趣。孩子们在亲身经历和体验中抓住了各自观察到的本真，又从本真开始创造。这与我童年求学时的"老师黑板上画一头吃草的奶牛、学生作业本上画一头吃草的奶牛"的灌输式模仿教育是如此不一样。模仿惯了，就难出创造发明的天才。在北欧国家，孩子们从小被鼓励创造发明。孩子们手工课上自己设计出来的珠子手链和项链，是妈妈们骄傲地戴着出席聚会的最闪亮的配饰。

金钱可以买来模仿，却买不来创意和兴趣乐趣。要劝服一个北欧人"委曲求全"，那简直"难于上青天"。但若兴趣使然，他们则会全力以赴、倒贴都可以。所以，在这里你可以看到一个设计师只是为了一把椅子的一个转角，而亲手触摸过上千个鹅卵石的弧度；为了一个舒适的角度，甘愿当一把"人肉椅子"，在街头让几百人试座以感受不同屁股带来的细微之处的差异。

好感是开始一份工作的前提，如果没有足够的兴趣作为动力去投入工作，对北欧人来说是一件痛苦的事情。北欧人受教育的程度普遍较高，比如丹麦在 1814 年就实行 7 年义务教育制度，是世界上实施义务教育最早的国家之一。1973 年起实行 10 至 11 年制义务教育，约有 93% 的学生可进入高中学习。高等教育机构包括大学、大学学院等，采用学分制学习。在这方面，瑞典、芬兰、挪威一点儿也不滞后。

北欧的教育包括义务教育、综合高级中等教育和高等教育三部分。义务教育后，约有90%的学生可进入综合高中学习，均为免费教育。学习时间为两学期，秋季学期与春季学期。秋季学期从8月下旬或9月开始，至翌年1月底结束；春季从2月中旬开始，到6月上旬结束，其中包括大大小小的一些假期，比如暑假、圣诞节寒假、户外运动周、复活节一周假等，总之学生的假期是比较多啦。

20世纪以前，瑞典的教育、科技、社会保障等社会事业有了一定程度的发展。在宗教改革和启蒙运动时期，瑞典非常重视教育科学文化事业的发展。1477年，瑞典建立了乌普萨拉大学，这是世界上最古老的大学之一。1710年，乌普萨拉建立了第一个科学家联合机构——皇家科学协会，以协调和促进科学研究。

20世纪瑞典社会民主党执政以前，瑞典出现了许多世界知名的科学家，如爱立信、诺贝尔、安德斯·摄尔修斯、卡尔·舍勒、斯万斯·阿伦尼乌斯等。瑞典议会早在1842年就通过法律，实行4年制的初等义务教育。19世纪末，瑞典是欧洲唯一在识字率方面与美国不相上下的国家。

每个人都有受教育的权利，这既是权利，也是社会责任。北欧人对竞争从来都是认真的，所以各种炒作鲜见于诺贝尔奖项中。从1901年开始至今，一个世纪过去了，人们依然对诺贝尔奖怀着如此虔诚之心。

每一年新鲜出炉的诺贝尔文学奖获得者的作品，都是当年大热的阅读物！获奖者如莫言、爱丽丝·门罗，其书一时"洛阳纸贵"并非只因为作者的文学素养，人们也愿追随评奖者们的匠心慧眼，去进行一个更高层次的阅读历练。在这方面，傲娇的北欧人总是对有实力的大师们怀着虔诚的信仰。圣诞节、生日、各种纪念日，北欧人风靡送书。至于送什么样的书，如果一时拿不准对方的读书偏好，就送当年获得诺贝尔文学奖的作家的书准没错。我的书架上，莫言的瑞典语版《蛙》，艾丽丝·门罗短篇小说选，包括最新获奖的日本裔英国作家石黑一雄的《被埋葬的记忆》等代表作，都是历年亲戚好友们送的圣诞节礼物。

诺贝尔奖各个奖项每年被提名的人不少，可获奖的只有一位。在这里人们永远愿意静下心来，去体验得奖者的非凡之处，而不是为落选者吵吵嚷嚷打嘴仗。与别人比是愚蠢的，每个人在这世间都是独一无二的。人们要做的永远是挑战自我、战胜自我、超越自我。每个人的价值都是贯穿在自我而非他人的一生中实现的。想通了这一点，你就想通了北欧人平和的心态、不断超越自我的创新意识。

如果我们的语言是建筑

> 建筑是流淌的语言和音乐！
>
> —— 题记

如果音乐是我们的另一种语言，那么建筑则是散落在地球上，佐证我们人类发展的符号。

北欧五国虽然地处偏远弹丸之地，却由于历史、环境及风俗习惯的种种不同，每个国家都凸显出其强烈的迥异的建筑风格特色。像童话王国丹麦，尖顶、坡屋顶、八角窗、欧式铁花，这些建筑风格关键词尽可体现丹麦风格理念。

作为欧洲老牌王国之一的丹麦，以古典主义海洋风格为主的建筑在首都哥本哈根比比皆是，这些由当时最时髦的红砖砌就的拱形屋顶宫廷式建筑，历史几乎可追溯到 200 年前。

而出了君王城池重地，童话王国丹麦的建筑又突然流露出浓浓的北欧田园气息，在一些地方你甚至可以看到用在海边搬来的一块块原石垒就的天然质朴的民居建筑。在这些石墙上，坡状屋顶的居民建筑以根根原木竖立成三角形排列嵌进墙体，增加上面木质架梁的稳定性。如今，这种"横七竖八"的原木结构，已成为典型独有的丹麦风格。

不同于丹麦的古典灵动，瑞典王国由于其悠久的历史及一度发达的商业贸易，以及大面积的森林和狭长的地形，瑞典建筑吸收了 18 世纪及 19 世纪以尖顶屋形为风格的海洋味浓浓的哥特式建筑特点。如今这些建筑仍然在首都斯德哥尔摩城区觅得芳踪。且由于繁荣，斯京一度一房难求，林立的房屋造就了如今其不可不体验的"世界最窄的巷道之一"景点。

位于斯京老城区的这条石板铺就的巷道，仅能容一人侧身而过。除了丹麦、瑞典，北欧其他几个国家千湖之国芬兰、万岛之国挪威、冰火之国冰岛，虽然各有特色，但临海的地理环境使建筑风格无一不呈现出古典、坚固、耐风化的海洋哥特式建筑风格特点。

北欧鲜有大兴土木。如果在城内，则慎之又慎，新建永远不是第一方案，如何在原有的基础上"废物利用"，才是城市规划者的工作重点。过去年代信息封闭的时候，邮政的畅通是国家大政之一，那时应运而起的宫殿般的邮政大楼亦是城市风景。

20 世纪后，电子业的兴起，庞大的邮政系统被快捷的现代邮运取而代之。雄伟的邮政大楼退出城市生活的中心，就像瑞典哥德堡市中心火车站广场的邮政大楼，灰头土脸地屹立在火车站旁边，经年累月，犹如鸡肋。此楼现已被改造，2010 年动工，到 2012 年装修完毕，防护网一拆，天呐！呈现在人们眼前的，是一座崭新的、富丽堂皇的城市邮政酒店。

楼还是那座楼，但内外都装了新的系统，华丽丽地变身都市酒店。不知有意无意要与过去告别，整座楼身拦腰被一条雕刻的镶黄红带子围着，在正面打了个蝴蝶结——整座楼成了一个礼物，呈现在哥德堡市民眼前。新年夜里华灯闪烁，红色彩带璀璨夺目，让来来往往的行人忍不住驻足叹赏。

不管怎么建设，北欧城市鲜有标志着时尚都市化的摩天大楼，城市楼房基本没有高过六层的。北欧人信仰基督教路德宗居多，教堂在人们心里有举足轻重的作用，从城市兴起的时候，盖房高度不得超过教堂高度，似乎已经是约定俗成的事。城市环保和节能也是重中之重。楼房超过一定的高度，就必须安装电梯，所以至今在许多瑞典的楼房，不仅是老建筑，甚至建在 21 世纪的新楼房，没有电梯的也比比皆是。

北欧生活慢，比如瑞典，科技文明世界领先，但首都斯德哥尔摩、海港城市哥德堡、海森堡、大学城乌普萨拉、隆德，以及延雪平、林雪平、马尔默、古城维斯比等大大小小的城市，即便经过城市化和逆城市化高潮，生活节奏还是慢慢悠悠。2016 年国家人口才突破一千万大关的瑞典，人口居住分布为城里一大半，乡下一小半，各得其所，安居乐业。生活中处处颇有中世纪遗风。

除此之外，一向环保先行的北欧人，建筑设计理念更是离不开"绿色能源"。地广人稀，加上良好的由政府调控的房屋买卖及出租管理，北欧诸国房价稳定，靠房地产发家基本不大可能实现。除了百多年前修起来的市区的楼房，一般北欧的城市规划都保持在维修保养层面，几乎很难见到市区里大张旗鼓地拆拆建建"日新月异"。所以，十年前去过的街道，十年后去还是数十年如一日的街景不变，静物画一般，让人在稳稳的岁月街道里安心行走。就像好看的菜要好看的盘子来配，北欧漂亮的建筑也需要与之相应的惬意的居住环境来配合。

在瑞典语里，有两个词特别有意思，一个是"Vila"（休息），一个是"Villa"（别墅）。字母 L 像一个人。一个人的时候，就是"Vila"，休息一下就好；两个人的时候就是"Villa"，要合力买房或租房，建立起一个好好"Vila"的"Villa"，开启生活新篇章。如果因为房子而受累终生，北欧人是绝对不干的，不管是城市里的公寓还是城市外的别墅。因此，随着科技的发展，房子的绿能品质被提到了前所未有的高度。

"会呼吸的房子"，是近年来北欧人提出的一个居住概念，因为房屋不仅要外观漂亮，还要住得惬意才是符合现代化理念的好房子。所谓会呼吸的房子，即你身处屋内，但呼吸到的空气质量和舒适度也和身处森林这个天然大氧吧别无二致。在这一点上，除了依赖先进的技术手段，强调周围环境的同步和人为干涉也是非常重要的一环。

北欧人人际关系的简单处理，极大地延伸进了北欧人的生活，影响着北欧人衣食住行的方方面面，一应事物，崇尚简单。全身行头，简约大方，颜色不出黑、灰、白三色。北欧家居，颜色简单干净，舒适为宜。近年来，

书墙的装饰

北欧人的家居布置，渐渐流行起用"书墙"做装饰，在客厅、卧室、工作室，包括厨房，白色或原木的书架上，全是闲暇时拿来阅读的书籍。所以每年过圣诞节，如果不知道送什么，送书就好了，永远不过时且彰显品位。平日里，除了过生日的礼物根据个人喜好精心挑选，除此之外，书、花和巧克力，永远是深受北欧人喜爱的最棒的礼物。

恒温住房，是瑞典在 20 世纪年代 50 年代提出的一个居住理念。瑞典房子里都安装暖气片，建筑取暖通常用三种模式：最费钱的电、比较节约的压缩木屑，以及有情怀但需要大量木头的壁炉。近年，地热流行起来，国家也非常支持。这几种方式中除了壁炉，都能达到节能恒温型住房的标准。通常人们生活中的能源消耗，房子占大头。而在房子的消耗中，取暖又是住家用度的重中之重，尤其是北欧这种寒冬长达四五个月的地方。

瑞典，虽然绝大多数的别墅都建于 20 世纪四五十年代，甚至二十年代，超过百年的别墅在乡间旷野比比皆是。即便是在"远古"的 20 世纪二三十年代，这些房子的基础都打得颇为牢靠。外部用石头砌成，里面用木材铺就。墙壁、地板所用的木头，皆来自 67% 覆盖率的生长缓慢、木质紧实、绵绵无尽的瑞典森林。这种外石内木加壁炉的结构，在农业年代，不仅很好地抵御住了北欧漫长寒冬的侵袭，也大大延长了房子的使用寿命。随着一代代房主的老去，带着科技文明烙印的新一代房主，又给老房子赋予了节能环保这一新的功能和意义！所以，这就是这些经历过百年风雨洗礼的老房子，在一次次买卖的轮回中，非但没有掉价，反而价格节节稳升的原因！

房子贵贱虽然与历任房主的不断修葺与维护分不开，但更重要的，是整个国家环保理念赋予这些房子的价值：只要你愿意让房子朝节能环保路子走，就能享受国家优惠政策的福利！

何为节能环保型住宅？就是看你的房子是否拥有省钱又省能源的地热系统。地热利用的是热能，用钻井方式向地底下打百米左右，将地壳中蕴含的接近熔岩的热能抽送至地表，通过恒温器双向循环，就变成可以向房子提供恒温的堪称与太阳能、风能媲美的天然能源啦！

虽然地热的初装费不便宜，一套设备加人工费，需要大约 12 到 15 万克朗，基本与人民币等值。但这是国家扶持的项目，仅每年的取暖费一项，就可节省较用电或压缩木屑高达 2/3 的费用，自然而然成为国家与民众为双方打算的双赢"省钱契约"！对于民众来说，省钱又环保，何乐而不为呢！于是，越来越多的房子在建造修葺过程中，考虑的重点之一就是：我的房子是否环保节能！这是瑞典别墅经久耐用，历久弥新的重要原因之一！

整个北欧森林、湖泊密布，走进任何一个北欧国家，就像走进一个仙境之国，污染几乎为零。一出市区，公路两边便是起伏的森林。这引得许多其他国家大都市来的移民大呼："我们搬到农村来啦！"不平之声里有失落，也有"自甘堕落"的惬意。

是的，瑞典乃至整个北欧，都是飘然静谧的桃源仙村。大大小小的湖泊映着蓝天，像一块块翡翠，这些"翡翠"里，是野鸭、海鸥的聚居地。北欧人热爱大自然、珍惜大自然，讲究与大自然和谐共处，从来无意改造大自然原本的天造地设。加上北欧人素来提倡并严格执行的垃圾分类措施，使北欧整体环境从外到内都堪称典范。

保护环境，首要的便是大量的居民区垃圾分类处理，另外便是在饮食上和屋内绿化处理上。近年来，越来越多的北欧人除了提倡素食，在饮食上再引风尚，提出"生食"生活理念，称作"Raw Food"。很多蔬菜免于炒煮，都可直接生食。其实生食概念提出之前，北欧人餐桌上常有的蔬菜沙拉已经如此了，现在不过是把生食的范围和种类扩大了。

　　健康链是一环套一环的，大环境结合小环境，食材都保有如此纯洁度，也许只有在北欧，人们才敢把未洗过的苹果、草莓直接送进嘴里。提倡饮食上的少油烟甚至无油烟，对屋内环境的影响无疑是巨大的。另外北欧人家家户户视花为不可或缺的点缀，尤其靠街的阳台上、窗户上，家家户户璀璨葱茏，怒放的花簇简直成了北欧街头景点的街景之一。

　　这样盛丽的街景常常出现在各种尤以罗曼蒂克见长的电影里。再说千回百转的鲜花般盛开的北欧建筑。这些经典建筑在宫崎骏为数不少的电影里经常作为主场景使用，比如最为热爱宫崎骏电影的北欧影迷们，热烈讨论的一部电影《魔女宅急便》里，最后魔女 Kiki 和她的黑猫 Jiji 选定的居住城市，宫迷们一直认定就是瑞典最美的岛屿哥特兰岛维斯比古城。片中大量取景的城市，笃定是瑞典斯德哥尔摩。因为有相似度高达99%的斯京街道上的拱形城门为证。甚至有好事者专门做了一个特辑，用以比较力证之。在这些建筑里，曾为采风在北欧住过长达三个月的宫崎骏，电影里出现北欧建筑及街景，也就不足为奇了。

　　建筑是流淌的语言和音乐！

　　一直在设计领域遥遥领先的北欧设计家们，经历过国家浪漫主义建筑风格、20世纪20年代新古典主义、20世纪三四十年代功能主义，以及经过工业革命后要求回归的20世纪50到70年代有机建筑，直到从80年代至今的后现代主义，将设计的目光重新投注在"以人为本、天然和谐"的舒适、简约、"接地气"的人本建筑上，并意图将"天人合一"的东方哲学观完美体现在北欧的建筑艺术里。盛行于瑞典北部的树屋，虽然造价高，只是一个典范，但这种返璞归真与大自然融为一体的未来居住理念，已经在人类未来建筑史上跨出了领先的一步！

除了超越时空的树屋理念，若让时间稍稍退回到两百多年前，这些化人文与万物的建筑里，甚至曾有在一百多年前戊戌变法失败后，流亡欧洲的康有为的点点滴滴。据传变法失败后的康有为于 1904 年到达瑞典，成为历史上第三位到达瑞典的中国人，亦被瑞典湖泊水色的美景所深深吸引，流连其中，暂时忘却了变法失败带来的忧思和失意，曾经在周游列国的游记中这样描述瑞典："瑞典百千万亿岛，楼台无数月明中……岛外有湖湖外岛，山中为市市中山……欲徙宅居之。"

据称康有为曾在"饭店岛"上建起中国式园林，取名"北海草堂"，直到 1907 年才离开。在此期间，康有为走访了城镇乡村，参观了监狱和贫民窟，闲暇时还到歌剧院、皇宫和公园走走。给他留下深刻印象的斯德哥尔摩斯坎森露天博物馆，被思乡情浓的落魄变法家译为"思间慎"，令人为之动容。

让垃圾分类成为一种习惯

> 垃圾分类，良好的习惯、物尽其用才是王道，并非言环保必高科技。
>
> —— 题记

人们来到欧洲，先感叹的是梦境般的蓝天白云，其次是扑到脚边赶都赶不走的觅食的海鸥、鸽子、麻雀和乌鸦。到静谧的湖边溜达一趟，还有成群结队等着你给面包屑的野鸭和天鹅。这就是欧洲，优美的大自然环境并非天然恩赐，成千上万家庭及人们一点一滴的维护功不可没！尤其在北欧，只要你愿意，直接穿成亚当夏娃抑或打扮成吸血鬼走出去都没问题，但是走出去破坏环境无异于大自然的罪人。破坏环境的人，才是真正的另类。

每一个到过北欧的游客对北欧最深的感受就是爽静，这得益于北欧国家不断对工业环境的重视和改造。比如，众所周知，大气污染的首恶是日益增多的汽车尾气排放，北欧国家近年来致力于新型节能汽车，比如瑞典，从 2021 年 8 月起，瑞典各大加油站将 E10 汽油作为标准汽油。E10 汽油由 90% 的普通无铅汽油和 10% 的乙醇组成，旨在减少二氧化碳的排放量，并且 94% 以汽油为动力的车都可以使用 E10 汽油。

蓝天、白云和纯净的空气

　　自然环境静谧舒适，蓝天白云绿水，当真是我们小时候小学课本里童话插图的真实再现。街道干净整洁，临街人家窗台上和阳台上鲜花怒放，路边林立的露天咖啡馆边永远徘徊着乞食的麻雀和海鸥。殊不知，在这些美丽干净的背后，北欧各国政府曾经为此持续不断地付出了多少努力！

　　其实早在近一个世纪以前，大部分靠种地、捕鱼起家的老北欧人，即便搬到了城里，生活习惯还是乡下那一套，说出来令人惊讶，如今全世界最美丽优雅的北欧女人，在当年习惯穿粗布蓬蓬裙的时代，也曾经有当街小便的"光辉历史"。如果有空去北欧国家，比如瑞典的老城区去走走，你会发现很多百年历史的老房门窗都淹没在土里，为什么？因为曾经的垃圾几乎侵吞了民宅。那些没过门窗的地面，下面全是被填平的垃圾。北欧当年的垃圾胡乱丢放程度，比我们简直有过之而无不及。

　　拯救家园，势在必行！北欧各国政府痛下决心，凡事以人为本，明文规定出垃圾分类的标准，并将之化为行动深入人们日常生活。你会看到在幼儿园或者小学课外活动知识训练里，老师们除了教孩子们分辨毒蘑菇，还有义务教会孩子们正确认识可回收垃圾与不可回收垃圾等常识。在长期的垃圾处理技术不断完善中，欧盟制定了严格的 3R 垃圾管理政策，所谓 3R，即避免制造过多垃圾（Reduce）、加强重复利用（Reuse）、分类再生循环利用（Recycle）。

20 世纪 90 年代后期，瑞典在垃圾焚烧过程中所使用的二英控制技术达到了欧盟认可的安全水平。随着科技的发展，垃圾焚烧发电与污染防控技术日益趋于成熟，废物变能源（Waste-to-Energy）成为一项前景可观的环保技术。此时 3R 变成了 4R，多出了能源回收利用（Recover）。

配置高规格垃圾处理设施是耗财力的投资，比如高效节能的垃圾焚烧炉。说起高效节能的北欧垃圾处理技术，昂贵的尾气处理装置、大型焚烧炉等垃圾处理系统很多人望而却步，其实从长远来看，这样的投入对整个社会环境的改变极其物有所值。通过垃圾循环处理系统，源源不断产生的生活垃圾中，36% 得到循环利用，14% 再生成化肥，49% 则用于焚烧发电。只要老去的人们依然可以在浓荫下听鸟儿欢唱、孩子们依然可以在路边草丛寻觅到干净无污染的浆果一口吞下，这些就值得投资！

如今通过一代代的治理，欧洲环境焕然一新！在北欧，就拿瑞典为例，由于近几十年来治理垃圾出色，人们的环保意识增强，当欧洲国家非再生生活垃圾平均达 38% 的时候，瑞典只有 1%。由于用于焚烧取暖的垃圾紧缺，瑞典不得不与其他国家达成垃圾输入协议，开始进口垃圾。

在北欧各国与中国洽谈的合作中，北欧国家瑞典最关注的一个合作交流项目，便是环保节能可持续能源类项目。科学有效的垃圾处理系统不但净化了空气，也使那些垃圾进入循环再利用，大大节约了人们的生活成本。在这方面，一直嗅觉敏锐的宜家家居，率先推出最新款纸质家具，所用的材料就是废旧报纸，经打浆技术及硬度处理后，将其打造成简约、美观、时尚的躺椅或咖啡桌，一跃成为时尚新宠。

北欧几乎没有露天的招苍蝇招虫子的垃圾堆，与细致严格的垃圾分类相匹配的则是统一、标准化的垃圾箱设计及其简洁明了的分类标志。每个小区至少有三到四个垃圾箱，分别回收食物垃圾、生活垃圾、纸张等。这些设计与标志全国统一，到哪里都不会丢错。

比如在瑞典，食物垃圾牛皮纸袋的标志是一个吃剩的苹果核，纸袋背面逐条列出了哪些食物垃圾是可以放进此袋的。丢放生活垃圾的垃圾大桶都在地下室或小区内的垃圾房里。生活垃圾包括食物垃圾、卫生纸、牛奶纸盒和小食品包装袋等其他垃圾，这些垃圾可以就近丢放在小区地下室或露天的垃圾箱中，像小房子一样，都是密闭性的。小区维护人员每天会按时开车收垃圾房里的垃圾。

至于罐头瓶、酒瓶等玻璃类和纸箱、纸板等硬纸张类，以及报纸、杂志等软纸张类、金属罐头类等，该清洗的清洗干净，攒一段时间集中拎到较远地方的垃圾处理总站分门别类扔掉。有害垃圾诸如过期药品、电池等，需要专门处理。有的垃圾处理站设有电池回收箱，可以直接投放。如若不然，则需登录垃圾处理网站进行询问处理。

北欧亦没有废品收购站，很多人靠捡瓶子维持生计。各大小超市设有可乐瓶或矿泉水瓶等的回收机器，根据瓶子大小、材质、价格，可兑换相应的钱。因此一到夏天烧烤季，大大小小的草坪上到处都是背着蛇皮口袋捡瓶子的人。可别小看这一项收入，即便是在当地很多瑞典人的家庭里，这也是决定孩子们荷包丰俭的重要项目，买个糖果或者心爱玩具什么的，此项收入可比给妈妈爸爸剪草坪轻松得多。所以饮料喝完，大家都乐于看看瓶身上是否印有可循环利用的标志和钱数。

北欧深入生活的垃圾分类习惯的养成，其核心便是积极、不懈地长期推广与普及。说垃圾分类是北欧孩童早教的一部分，一点儿也不为过。几乎每个北欧人还不会走路的时候，就经常被妈妈或爸爸推在婴儿车里，去小区附近的垃圾集中处理站分门别类地扔垃圾。等到有动手能力可以自己吃饭的时候，妈妈爸爸就会教他什么样的垃圾丢在什么样的袋子里，最好不要丢错，否则小胖手还得伸进食物垃圾牛皮纸袋里将丢错的塑料薄膜拣出来。

长年累月的教导，使得忘性再大的孩子也不会忘了什么垃圾该扔哪儿。紧随其后的是学校里的教育。妈妈爸爸教会你不要乱扔垃圾，学校里则进行垃圾深埋实验，形而上地告诉你为什么不可以乱扔垃圾。理论联系实际，北欧人个个都成了垃圾分类的高手。垃圾分类成了一种生活习惯，设若不这么做，那简直像厨房里杀活鸡一样让他们不能接受。

北欧的环境优美，与随处可见的分类垃圾箱密切相关。垃圾箱一般都设在车站、沿街、店铺附近。人流量大的火车站、市中心等，垃圾桶更是十步一个。有的国家以大桶的不同颜色代表分类收集的不同垃圾，比如美国纽约纸类垃圾放在蓝色桶中，玻璃类则放在绿色桶中。而北欧国家，比如瑞典，是以图例标识分类垃圾，即使语言不通，看图也知道应把垃圾扔在哪里。

这是城市里的环保生活，若走到北欧城市与城市之间的"乡下"，你一样能看到环保理念的足迹。在乡下，比如我的房子，院子前像所有人家一样，放着一黑一绿两个大垃圾桶，黑色用来扔生活垃圾，绿色用来扔报纸广告等。垃圾车每周三定期来回收。社区中心建有与城市里标准统一的大型垃圾分类站，平日的酒瓶、油瓶等分有色、无色回收，纸箱、纸盒、塑料制品、纸张、铁罐等，都有相应标识，与城市里并无二致。

在人们的印象中，提起北欧诸国，浮现的都是湛蓝的天，一望无际的牧场，棉花糖般的白云，赭红、明黄的一闪而过的童话小屋，说起来都是童话王国的意象。然而你知道为什么北欧的童话小屋赭红、明黄居多？因为科学证明，这两种颜色以及墨黑，是所有颜色里最易吸收太阳光能的颜色！阳光在北欧是稀罕物，所以北欧人家都把房子刷成"阳光宝盒"，来吸收太阳能。

为了不让暖气流从门窗缝隙溜走，亦保持一个安静的居家环境，瑞典住宅无论是别墅还是公寓，门窗玻璃通常不仅双层，周边还要用皮圈加密。室内的壁纸，也是暖色系，是栀子白、柠檬黄、樱花粉、青檬绿等清新自然系颜色主打的天下。这些雅致透亮的颜色，一来给人以暖视觉；二来能够大大节约室内照明用电时间。研究证明，如果你的房间是白色墙壁，你将比你有着黑色墙壁的邻居开灯晚两个小时！

近年来，从德国开始蔓延起的"绿能小镇"建设，渐渐风靡欧洲。尤其是条件充足的乡下，更成为理想的实操场所。所谓绿能小镇，就是在垃圾分类的基础上，使用再生能源自给自足的镇区。再生能源中的风力、水力、废热等，皆可用来发电和制造新的能源。虽然风靡欧洲的绿能小镇建设，目前在中国非一朝一夕之事，但诚如"绿能"的身体力行者所言：

　　垃圾分类，良好的习惯、物尽其用才是王道，并非言环保必高科技。

藏在 JA、NEJ 和 LAGOM 里的生活原则

> 在瑞典人的生活字典里，大概可以用
> JA（是），NEJ（不），LAGOM（刚刚好）
> 三个词来概括大多数人的生活状况。
>
> —— 题记

最难做到的事，大概就是拒绝别人！一句"来都来了"，简直可以说服百分之八十的人瞬间改变主意！其实，拒绝不会得罪人，答应了做不到才会得罪人。而一旦你自定标尺，学会拒绝，那么我保证，你的生活会瞬间轻松一大截！这一点，北欧人是做得非常彻底的，也大概因此，才给人以难以走近的冷漠印象。

这里就有一个凡事有度的问题。这个"度"，即凡事节制。就像由我们的孔夫子提出，如今一说中国传统文化最为现代人所津津乐道的"中庸"。"以中为用"，中，代表着平和与平衡；用，是一种修行。在中国原始哲学里，中庸是一种凡事节制的境界。在这一点上，北欧人虽然不曾青史留名提出这样智慧的生活奥义，但从精神到行为，他们恰如璞玉，浑然天成，深得其精髓。

瑞典语里有一个生活在瑞典不得不知的词，叫"Lagom"，即凡事有度，适合，温和，恰到好处。吃饭要 Lagom，穿衣要 Lagom，和人谈话要

Lagom，为人处事要 Lagom，对自己更要 Lagom。而这种 Lagom 的人生态度，最早源于北欧人宗教信仰里的感恩与给予的生命救赎情怀。

世界是大人的，而我只是个孩子！也许，我们每个人心里都曾经住过一个小孩，但这些小孩后来长大了，长成了生活需要的模样。而在很多北欧人心里，那个小孩，却永远不曾长大过。比如瑞典人，永远在想办法保持他们天真简单的一生。而这种一生追求至真至纯的生活态度，与信仰有着密不可分的关系。

说起北欧人的信仰，现如今可能在经历洗礼、婚礼、葬礼人生三件事的时候，你才会在教堂里看见北欧人的身影。北欧人百分之八十信基督教路德宗。信仰的人不少，但上教堂礼拜的没几个，也就是说北欧人的信仰观念已经很世俗化了。曾经作为灵魂栖居地的教堂，现时大部分已跻身旅游景点的行列。虽然不去教堂了，但信仰的精神依然存在。或者换个说法即教堂还在，只是已经搬到了北欧人的心里。

瑞典绝大部分孩子在周岁的时候，都由父母抱着去教堂接受过洗礼。因为小婴儿做不得主，所以到 11 岁的时候还有个坚信礼。但这个坚信礼后来逐渐式微，几乎不用了。等到孩子长大到 15 岁的时候，有了自己的价值观，这时候可重新做出自己的宗教信仰选择。所以说到北欧宗教，其最大的特点就是世俗化。

而宗教中所提倡的博爱、平等意识，就像稳定遗传的 DNA 一样，同北欧人的人生观、价值观完美结合在了一起，深深影响着北欧人的日常生活、为人处世。所以说真正的信仰不在于你去不去或去多少次教堂，真正的信仰在心里！

虽然北欧人不大去教堂，但教堂作为信仰的存在标志，仍深深影响着北欧人的生活。北欧人人生中几件最重要的事：洗礼，婚礼，葬礼，都是在教堂里完成的。甚而驾鹤西去后，身后的永恒安息之处，北欧人大部分的墓地，也是围绕在教堂附近。

北欧人认为尊重爱惜森林湖泊、一草一木，是人对代表着上帝的自然最好最直接的信仰。这种源自宗教而又经过反省融合之后发于内心的个人信仰，极好地诠释了北欧人对宗教的观念和态度。正如北欧人凡事有度节制的生活观：没有什么是别人该给你的！

而北欧人的凡事有度，体现在事事节制。吃饭吃到七分饱，穿衣穿到六分暖，出去户外旅行，哪怕一花一木，也只限于欣赏喜爱，而绝无攀折回家的私欲。我们传统文化蕴含在儒释道三大家中的哲学观，无论儒家的中庸，还是道家的道法自然，抑或佛家的智慧圆融，都讲到一个达观和度的关系，如果行事无度，必然受损招祸。

在瑞典人的生活字典里，大概可以用 JA（是），NEJ（不），LAGOM（刚刚好）三个词来概括大多数人的生活状况。比如，属于他们的东西，一定会说 JA，工作、爱情、家庭、孩子、爱好，一本好书、一部好电影、喜欢的音乐，可以去酒吧喝一杯的朋友，都在 JA 的范畴内。加班、计划外的邀请，路边掉的东西、别人家篱笆墙里的果子、不当的收入等，都在 NEJ 的范畴内。

我的一个在爱立信工作的瑞典朋友，刚入职的时候，按照爱立信的规定，会得到一部免费的爱立信提供的手机。我朋友的手机破破烂烂，已经用了好多年，手机屏幕上带着从前不知哪次不慎落地而摔出的裂纹。我为他高兴！终于要有漂亮的新手机了！可我这位朋友领到新手机后，只是拿了里面的 SIM 卡用，而将新手机退回了公司。问他为什么，他说："我觉得我的旧手机还能用！我的手机以前在外面不能上网，现在有了新的 SIM 卡，随时有网络，这对我已经足够了！我知道我的很多外国同事，会把多余的新手机送人或卖掉，但我不需要那么做。"这是朋友的原话，因为有感触，所以我记忆深刻。

在瑞典人这种是非分明的 JA 与 NEJ 价值观里，正直和单纯算得上一把标尺。正直和单纯，这是我接触过的很多北欧人给我留下的印象！

正直，免使你整日费尽心机投机取巧；单纯，让你整个人变得简单，你的生活变得简单。能够省下更多的时间和精力，做你自己喜欢做之事。当然你也可以很理直气壮地责问：难道北欧就没有偷鸡摸狗之辈了吗？就没有小人坏人了吗？就没有险恶狡诈之徒了吗？当然有！这就像当我们谈到春天，总会联想到五月山坡漫山遍野的雏菊，春林初盛，春水初生，可也不能否认苍蝇蚊虫的存在，我们也不会因为蝇虫的存在而否定整个春天。

一个成熟的社会必然是由许多正直而单纯的人维持并推动的。这种成熟并不是历经挫折后变得圆滑，圆滑不是成熟，圆滑是你向生活妥协。真正成熟的人，内心一定是正直和单纯的！因为正直和单纯就是，你并不是不知人间险恶和取巧之道，而是知而不为！

说起来，大约这世上最难做的，就是简单。而 LAGOM，你简直可以理解成凡事有度的代名词！瑞典人总认为凡事刚刚好是最令人舒适的。这和我们道家讲的阴阳互补，佛家讲的圆融通达，有异曲同工之妙！对于北欧人来说，上班 6 至 8 个小时，刚刚好，LAGOM！犹如东家之子，增一分则太长，减一分则太短，8 小时，这是所有北欧上班族乐意接受的工作时间长度。所以 8 小时以外的加班，是被北欧人深恶痛绝的。而据最新报道，北欧芬兰，已经在 2021 年试行一周四天工作制了。

父母来儿女家小住，或儿女拖家带口看望父母，通常三天两夜为宜，即便在圣诞节，也不会超过一个星期。这就是北欧家庭关系的 LAGOM 尺度。

可能在大多数人的观念里，北欧人旅行通常都住酒店，其实这是对北欧人的误读。关系好的瑞典人之间，更喜欢挤着住。亲戚朋友间互访，留宿的也很多，但北欧人的习惯是自带床单被罩，这是一个传统。一方面是卫生，另一方面是不要给主人家清洗添太多的麻烦。我住乡下时经常有亲戚朋友探望，因为大家大部分自驾，每次来的时候，都把枕头、被单、床罩，包括用以装保温咖啡壶、咖啡杯、餐具、餐巾布、食物、甜点、防潮垫等户外野餐的藤制编笼，放在车后备厢，该带的东西一应俱全。每次客人走后，我也感觉清清爽爽，并不为此而累。

这个 LAGOM 的传统延伸到北欧大大小小的民宿、B&B，甚至一些自助旅馆，下榻住客都须自带床单被罩。如果没带就需要租，租金通常 50 至 80 克朗，折合人民币 40 至 60 元。

国内的朋友们到北欧旅游，问及有什么需要带的，我的答案永远是，要么一套床单被罩，要么一条便携式睡袋，ＬＡＧＯＭ。

北欧人对信仰的另一种诠释，就是"自由自觉、享受人生"。在我们的老庄哲学将"无待，无己"作为生命达观精神自由解脱的最高境界。北

美好生活的细节

欧人虽然不曾提出这般高深的人生命题，但作为在严酷环境中积极生活的赤子，同样能清晰透彻地溯游至生命真谛的源头。北欧人认为不是为了一份一干 40 年的工作而生，生命的深度和广度应更辽阔。

　　这种自由自觉、享受人生的信仰，同样体现在北欧人的社交里。没有谁比谁更强，更不存在谁改造谁。大家都是平等的，如果公司里来一个盛气凌人的上司，保准第二天公司员工全体抗议。所以在北欧公司里工作，工作的真谛就是既享受了工作，又实现了自我价值。

　　曾经有一个瑞典朋友谈起他的人生观，他是这样说的："其实我不属于任何一个国家，我只是恰巧出生在了这个叫瑞典的国家。我是一个地球人！就像一棵树，它并不知道它长在哪个国家，它只是长在地球上的一棵树。一想到作为地球生命个体的我，有朝一日也会像千千万万自然万物一般化为地球的尘埃，我既感动又对生生不息的大自然充满无限眷恋。最终的回归自然是生命对人类最后的慰藉！而我们所能做的，就是好好生活，看尽沿路风景。"

恰
到
好
处
的
节
俭

简约生活——来自心灵的宁静

> 如果时间有形，这个静谧的午后，就
> 是北欧时光让我看见的答案。
>
> —— 题记

世界上仿佛总有一个地方，能让你的心平静下来。淡泊明志，宁静致远。

也许这个地方是你年少时在街道转角邂逅的一个咖啡馆，即便过了二三十年，你还可以循着原路走进去，小啜一杯香浓的咖啡。在这里，静物让时间凝滞，你不用担心离乡20年，周围的一切便面目全非，故乡熟悉的路，湮没在拔地而起的钢筋水泥里。这个地方让你亲近自然、尊重自我，从而感受到心灵的宁静。

整个北欧给世人的印象已经十分淡泊，在某些方面甚至可说冷淡，比如处处遗落的中世纪的建筑，大部分北欧人无论在公交车站、公车上，对和陌生人身体近距离接触的本能排斥，等等。但相比那些北欧的乡村里，隐于山水间的淡然的生活，北欧城市里的生活已经很时尚前卫了。

不同于一些其他国家乡村里的人，由于生活条件限制而无法走出乡村。北欧国家的乡村里，居住的更多是厌倦了都市生活，选择自愿回归乡下的人们，无路老人还是年轻人。我乡下宅子隔壁的邻居斯蒂格爷爷，年轻时求学、工作、生活，都在哥德堡靠近市立博物馆波塞冬神像的艾文纽时尚大道附近。去乌拉奶奶和斯蒂格爷爷家做客时，爷爷曾给我展示过其年轻时在城市生活的照片。照片里，爷爷和他意气风发的同伴们散坐在一台赛车上，尤其爷爷，一米九的个子，墨镜一戴，也是一个追风少年。

就是这么时尚的爷爷，毕业于哥德堡查尔莫斯理工大学，是一名造船工程师。在发妻过世后，他选择卖掉城市里的公寓，远离都市，买了乡下的房子，隐居在发妻的故乡塞夫乐维纳恩湖畔，因为发妻的墓就在那里，爷爷的孩子们也大多生活在瑞典中部。

斯蒂格爷爷和现在的伴侣乌拉奶奶的爱情故事，颇有《情书》的味道。两人其实相识甚早，差不多十七八岁的时候已经是好朋友。但乌拉奶奶当年是保守型女孩，所以当时两人并未发展成情侣。成年后各自有了爱人，组建了家庭，其后光阴荏苒，几十年一晃而过，其间两人没有任何联系。大约 20 年前，发妻过世后，60 多岁的爷爷搬到乡下住，一住就是 6 年。其间乌拉奶奶的丈夫也不幸离世，单身居住。

后来一个偶然的机会，两人共同的朋友说起彼此，他们这才知道这些年的沧海桑田，复又联系，旧情复燃。各自卖掉原有的房子，一起买了新的房子开启新的生活。到我搬到隔壁做邻居的时候，爷爷奶奶已经在这里居住了 16 年。在乡下，两人各开一辆车，爷爷喜欢驾船、钓鱼，和老朋友皮特大叔在维纳恩湖畔开了一个一座座森林小木屋环绕的钓鱼基地，每年夏季 5 月到 10 月，从英国、挪威、丹麦来的钓鱼爱好者，都会租住小木屋，度过悠长的夏日假期。

奶奶喜欢烘焙、十字绣和种花养花，没事的时候大部分时间在花园里捣饬花草。乡下跳蚤市场赶集的时候，她和女伴们相约 Fika，喝杯咖啡，聊聊花事。我搬过去的时候，因为对养花种草的喜爱，和奶奶成了园艺好朋友。奶奶去塞夫乐最大的森林露天花卉市场的时候，总不忘喊我一起去。每年春天的时候，花土大减价，5大包100克朗。花土多到一家用不完，奶奶和我一合计，决定合买，她开车，我俩一起搬回来，既省钱又省力。

我的乡下生活因为有了乌拉奶奶和斯蒂格爷爷这样的芳邻，格外生动有趣。

后来因为工作关系，我搬回了哥德堡，乡下的房子我舍不得卖，就成了度假屋。爷爷和奶奶有我房子的钥匙，时常帮我照看着，以致我每次回乡下宅院，都有一种探亲的感觉，因为斯蒂格爷爷和乌拉奶奶，于我真的是亲人一般。逢年过节，我为了感谢爷爷奶奶帮我照看房子，会封红包。红包并不是北欧人的习俗，起初爷爷奶奶坚辞，但我告诉他们这是中国传统习俗，是长辈应该接受晚辈的心意。两位老人家听闻此言便也接受了，但又会尽力从其他方面补回来，比如晒好的大包自家采的蘑菇，乌拉奶奶自己做的樱桃酱，斯蒂格爷爷专门留给我的冰冻在冰箱里的鱼。

三年前秋天某一日，我正在庭院里扫落叶，忽然接到孩子爸爸大熊的小姨妈英格丽特的电话，她告诉我们几年前由于中风而卧病在床的小姨夫布森突然去世了。听到这个消息，我虽然有所预料，不觉得很吃惊，但还是难过了好久，怅然若失。

大熊是公公婆婆5个孩子里最小的孩子，尽管大熊出生在差不多20世纪70年代，但公公那一代已经80岁高龄。小姨妈和小姨夫差不多也这个年龄。说起小姨妈和小姨夫，那可真是古典的俊男美女、神仙眷侣。小姨妈年轻的时候，正是瑞典女权主义兴起的时候，风华正茂的小姨妈大学毕业担任政府工作，甚至一度担任议会要员。2006年我和大熊结婚的时候，婆婆已去世，小姨妈不远万里代表婆家，以大熊妈妈的身份飞到中国西安，参加了我和大熊的婚礼，并发表了婚礼致辞。因为这样一层关系，在我心里，小姨妈一直像婆婆一样。到瑞典后，时值仲夏节，新娘拜访婆家人，亲戚众多，而首站就是小姨妈和小姨夫位于瑞典南部斯莫兰德的乡下庄园。

此后数十年，每一年在斯莫兰德小姨妈小姨夫家过仲夏节，成了我们的传统。圣诞节则是在乌普萨拉公公家过。小姨妈小姨夫和公公婆婆一样，也有 5 个孩子。孩子们与公公婆婆的孩子们大多住在乌普萨拉不同，小姨妈的孩子大多住在哥德堡。小熊仔的表兄弟姐妹们，我们在街上时常能碰到。小姨妈最小的女儿的小儿子，长我的女儿小熊仔两岁，两人同校，他比她高两个年级。

小姨妈和小姨夫时常开车去看望孩子们，为了不给孩子们添麻烦，两人在哥德堡特意买了一个小公寓。暂住之后必不久留，他们牵心着乡下的园子，对尘世的繁华似乎有一种历尽千帆的旁观态度。

在小姨妈逾百年的乡下庄园里，我见识了需要烧火做饭的炉台和还没进入抽水马桶时代的厕所。虽然房子里现代化设施一应俱全，但假期孩子们团聚的时候，小姨妈还是愿意烧起炉灶，给孩子们做最地道的饭菜。原始的厕所干干净净，在院子另一头的客房附近，也一直被保留和使用着。

小姨妈善烹饪，5 个孩子的童年和少年时代全是在这个庄园度过的。仲夏节时加了莳萝的盐水土豆，混了 16 种香草的小姨妈厨房独家出品的藏红花鱼汤，都成了镌刻在孩子们味蕾里回味一生的记忆。

生活在城市里，我总会想起乡下那种静谧。每次去斯莫兰德，我都会带上跑步的全副装备，在一条蜿蜒的路上跑步。这时，会看见中世纪遗留下来的石墙，石头垒起的马厩，和广袤的、无尽的原野与连绵的森林。经过人家的时候，捯饬院子或闲坐的人，都会友好地打招呼。

　　一到夏天的时候，瑞典田野的沟沟壑壑、山坡上、湖滩边，都会长满野生的、深紫色的、富丽堂皇的鲁冰花。有一年仲夏节，拜访完小姨夫、小姨妈一家，小姨夫开车送我们回哥德堡，途中遇到一面开着大片鲁冰花的山坡。我被这奢侈的壮丽惊呆，急忙要求停车，想要去采些鲁冰花。小姨夫温和地停了车，我和小熊仔下车去山坡上采鲁冰花。小姨夫和大熊坐在车里，慢条斯理地聊天，等我们采花归来。

　　这一幕，深深地印在我的脑海里，每当看见盛开的鲁冰花，就回想起那个采鲁冰花的午后。

　　如果时间有形，这个静谧的午后，就是北欧时光让我看见的答案。

在小镇做一回生意人——物尽其用

> 简约不是不买东西，而是买好的东西。
> 极简生活不是下班后躺沙发上点外卖、玩
> 手机，而是更加专注地去做少而精的事。
>
> ——题记

　　互市与北欧人秉持的简约遥相呼应，宗旨是变废为宝：在我这里不需要的东西，在你那里可能就是手头所需，居家必备。比如孩子小时候的婴儿床，尚崭新的婴儿衣物，头脑发热在圣诞节、夏季打折期买回来的衣服、鞋子、包包、吊灯，换新替下来的沙发、割草机，尤其有老房子出售时，清理出来的珍贵的地毯、挂画、家具、箱柜、锅碗瓢盆，更是数不胜数。所以实际上，互市过程，也是一个变废为宝的过程。

　　而在人际关系疏离的北欧，这种互市除了本身的商业属性，更承担着人际交往的重责。认识的不认识的，买卖过程中都不免寒暄几句；遇到熟人，更是要坐下来喝一杯咖啡。所以咖啡摊，永远是互市的好搭档。即便在塞夫乐最大的室内二手交易市场，除了林林总总、五花八门的货品区，也还要专门开辟出来一个咖啡角，供四乡八里多日不见的老姐妹、老伙计们，购物之余小聚一下。甚至有时，买不买东西都不重要了，重点是社交。

　　互市在瑞典大大小小的城市或乡村流行，各地互市日各有不同，夏季

尤为繁盛。但总的来说，在这一天，以税治国的政府也格外开恩和支持，如果在哥德堡森林公园办互市，要交 100 克朗（折合人民币 80 元）的地摊费，而在乡下是完全免费，且免交税费的。要知道，在买一瓶水买一斤土豆都要交税的北欧，做到摆摊而不交税，这就很难得了。

我有个瑞典朋友，他是沃尔沃的高级工程师，有私家船只，而最大的爱好竟是逛二手店。二手店在欧美国家遍地都是，大多都是由慈善机构诸如红十字会等兴办，这是一项长期的救助工作，旨在救助非常贫困国家的儿童及医疗。

人们秉承着简约的理念，提倡过素简的生活。但要深深理解，素简生活不是吃苦，也不是固守清贫，而是一种为他人着想的舍。那些经历过奋斗的人，付出过不懈努力，读过很多书，走过很多路，对生活就有深刻的品味，对生活的信念就一直保有纯真，在摆脱了物质欲望的束缚之后，对精神层次修炼有需求的人，想要拥有的正是这种生活方式。所以，没有努

随处可见的私家船只

力过的人，根本没有资格说素简。

简约不是不买东西，而是买好的东西。极简生活不是下班后躺沙发上点外卖、玩手机，而是更加专注地去做少而精的事。

这里可以说摆摊是另一种简约主义，也可称之为后简约主义，是一种更深层次的为他人着想的善良：对于我们生活里不需要的东西，不是任其闲置日益无用，而是以公道的价格、合理的方式转手他人，让资源重新进入良性循环，是一种更为积极的低碳生活方式。

从前的简约，我们只谈自己，而现在的简约，我们更关注他人。

北欧人的互市，除了面对面的摆摊，在网上也有大大小小的二手货品交易平台。卖主并非真正的生意人，全是身边普普通通的你我他。很多人已经习惯了缺什么，先上交易网看看，实在没有，再去买新的。

这种摆摊文化很早，大约 2008 年，就在我住的哥德堡社区马约纳区实行开来。每年 5 月最后一个星期的周日，是马约纳区的全民经商日，马约纳区同时也是哥德堡著名的雅痞文化聚集地，音乐、文化，在这个区很流行。

细究起来，欧美人对旧物的看法，和我们敝帚自珍的传统观念确实不一样。欧美人看待东西更讲究流动性。东西不管新旧，合适不合适是使用标准。所以，经常看到很多人把如家具、家电、礼服、儿童服装和玩具等八成新的旧物及时处理掉或捐给二手店。

说及时，是因为觉得这件东西现在不适合我，未必不适合你。及时捐出去，旧物再利用，到那些适合的人手中，就变废为宝。这是一种更时尚的节约。比如崭新的一组沙发，因为式样过时不再喜欢，就有可能被送到二手店去，因为主人的观念是，此物我不喜欢，但可能恰恰投其他人所好。甚至在二手店里，你会经常撞到一些诸如古驰、路易威登、爱马仕、爱步等名牌商品，且通常这样的商品价格都不贵。当你知道一个古驰的包包虽是用旧了些，可在二手店以不到 100 克朗的价格买到，那是什么感觉？

除了大牌，衣服、鞋子、家具等各种各样的商品，应有尽有。很多人喜欢到二手店逛逛，淘淘自己喜欢的宝贝，甚至传说有人在二手店捡到漏儿，比如失传的名画什么的，所以在哥德堡的二手店里逛，就要格外留心。当然天上掉馅饼的事想想就好。我自己家里所有造型独特的花盆，都是在二手店买的。莳弄这些独特花盆里的花，给我带来了无穷的乐趣。

通常在众多二手店里，儿童用品是最受欢迎的物品之一。因为小孩子长得快，很多儿童用品基本上只用过一两次，有些婴幼儿服装可能根本还没来得及穿就小了。因此，人们很喜欢到这样的商店去淘货。这些二手物品基本都只卖三五十克朗，是新衣服一半甚至三分之一的价格。

家长们之所以放心给孩子穿、用二手物品，主要是因为较大的二手店对回收的旧物都会检测处理。收到旧衣服后，他们会进行卫生消毒处理。在大多数店里，专门配有免费检测病毒的仪器。

几年前，北美金融海啸乍起，传到国民经济相对稳定的北欧诸国，只能算殃及池鱼的余波。但生性谨慎、居安思危的岛国人民立刻行动了起来。除了二手店，日常工作生活之余，居民们也精打细算，从瑞典小镇马约纳开始，上到鹤发老人下到学前幼儿，外有白领里有主妇，人人踊跃从商，掀起一股经济危机下的全民经商热潮。

我至今犹记得全民经商的第一次高潮。刚过了复活节，好友英格瑞打电话来，告知某月某天，在我们居住的马约纳镇，将有一次盛大的集会，说好地点邀我前往。安静的北欧小镇难得这样热闹，我早早起来，打扮一番，前去赶集。

大名鼎鼎的沃尔沃汽车和宜家家居等企业的老巢，商业城市哥德堡，想来自然比其他城市对商业经济更敏感。全国其他地方还未行动，哥德堡却已未雨绸缪，率先掀起了废物再利用的经商热潮。作为一向崇尚低碳生活的瑞典女孩英格瑞的好友，我竟是第一批知道这次全民经商机会的人，万分荣幸地目睹了第一届集会的盛况。

说实话那天的天气并不好，淅淅沥沥的春雨下个不停，出门便担心当天的集会因为雨而受到干扰。所幸雨对于哥德堡人来说是家常便饭。我一走出去，差点一脚踩到人家摊子上，再一看摊主，竟然是邻居家的玛格丽特太太。见了我，她立刻热情地招呼，看来已经融入摊主这个角色了，要知道，她原本是个不爱说话的人。

相邻玛格丽特太太的摊子，是邻居女律师埃娃家的，埃娃怀里抱着未满一岁的老二，大儿子和当时 4 岁的小女同龄。老大竟像模像样地穿了风雨衣，坐在摊子后的小凳子上，帮妈妈数钱。埃娃善解人意的先生折腾出了夏天露台用的遮阳伞，撑在那里权当雨伞。还张罗了咖啡和一些自制的点心，免费招待大家。

没走到家附近的草坪，令人振奋的景象就已出现，平日安静的草坪和公路两旁的屋檐下，鳞次栉比地摆满了住家人士的摊位。小孩子们兴奋地穿梭其中。走近一看：鞋袜衣帽裤、锅碗瓢盆、家具、图书唱片磁带、玩具饰物，五花八门，琳琅满目。

这样随性随意的买卖聚会，大人们兴致勃勃，全身心放松，电脑工程师、律师、服装设计师、幼儿园老师、家庭主妇、音乐家、小学校长，都变身生意人，在金融危机的影响下，个个施展赚钱本事。其中不乏"醉翁之意不在酒"者，和顾客人手一杯咖啡，生意变成了聊天。

北欧人外表羞涩拘谨，内心世界却无比丰富。有的主儿更绝，他们不会放过任何一次自我展现的机会：组个三人小乐队，外带一把吉他手，露天音乐会就地开演。

一招鲜，走遍天。没有现成商品，空带一身手艺照样可以混迹"买卖江湖"。瞧吧，一位从利比亚来的按摩师，仅凭一张按摩凳撑起场子，端庄肃穆地玩起"空手道"为人按摩。这倒没什么，最引发人好奇心的是这位仁兄的收钱招数：多寡不限，您看着给！

七转八转，穿过两条街，终于找到好友英格瑞的摊位。爱耍宝的英格瑞，走南闯北，环球旅行，收集了好多风格迥异的奇装异服，她把这些色彩鲜艳、样式独特的异族服饰高高挂起来，像一面面旗帜，果然吸引了很多人过来。她的服装很畅销。其中挂得最高的两件非洲袍子，很多人都想要，她自己却又忽然留恋起来，改变主意，两件袍子"只看不卖"了。

转过一个摊子，我看中一面撑玫瑰花架用的格子木架，想想盛夏巴掌花园里需要这样一方木架，随即询问价格要买。谁知文绉绉的摊主却忽然慌乱起来，末了抱歉地请我稍等，旋即转身穿过露台回屋和老婆商量价格。原来新手上阵，忘了给商品定价。过了一会儿出来，告知是 10 克朗。这副木架物超所值，宜家产品，几乎全新，令我十分满意。

将成果寄放在英格瑞那里，又继续转。像许多人一样，我中途回家吃饭，下午再接再厉。我这一天的收获颇丰：除了那方玫瑰花架，还有一套中国出产的紫砂茶具，若干非常中意的小孩子衣服和两只造型独特的花瓶，一条印度纱丽和两张小板凳。那只从一个聪明伶俐的小男孩手里买过来的会发声的毛茸狗，一直是小女的心头爱。

夕阳西下的时候，摊子慢慢减少，提着卖空的包或买满的大包小包往家走，卖主买主皆大欢喜。人去楼空的草坪和街道两旁，纤尘不染，又恢复了往日的宁静。

如果说那次马约纳小镇全民兴起的摆摊，是对于 2008 年全球金融海啸惊魂未定下的未雨绸缪，那么现在忽然之间流行起来的网络摆摊热，就跟影响全球人民方方面面生活的新冠病毒肺炎挂钩，是人们践行低碳生活、与赖以生存的地球和谐共处的反省和觉悟。

最好的生活在路上

> 我们之所以热爱生活，是因为我们即生活本身。
>
> ——题记

　　瑞典人的名言：不在度假屋，就在去度假屋的路上。中国人一年四季讲究春看花、夏乘凉、秋远游、冬静养。北欧人则春天生息调养，夏日驾船出海，秋日森林里采浆果、蘑菇，冬日高山滑雪。这一点上，各有各的内涵和精彩。只不过北欧人将生命不息、运动不止的人与大自然相生相息、时刻融入其中的生活乃至生命乐趣的风采提到了极致。

　　森林或湖边的度假屋，是崇尚自然的瑞典人休闲生活的圣地。每年夏日假期到来的 5 月底，瑞典人无论工作中的 Fika 时间还是工作以外的休闲时间，最热门的一个寒暄话题就是：今年夏天准备去哪儿度假？顺理成章理所当然的"夏天肯定外出度假"这个态度，让人觉得夏日不出门度假就算虚度时光。

　　从 6 月底至 8 月初，一个半月的长假，所有的瑞典朋友们几乎失联，因为都在世界各地度假。到了 8 月中旬回归上班，一个个晒成焦糖色的北欧人，大家见面又一个热门话题就是：今年夏天去哪儿玩了？玩得怎么样？所以，在以瑞典为首的北欧，夏日若不出去度假，从 5 月到 9 月这小半年简直连谈资都没有！

　　而外出度假，对北欧人来说，隐藏在静谧湖边山林里的度假屋是首选。即便出国环球旅行，肯定也会先去或者回来后去心爱的度假屋小住一两周。一年夏天，居住在乌普萨拉的公公和他的女朋友，开车前往瑞典北部的度假屋一番大修整，将临湖一面的墙全打掉，换上了玻璃墙。这样，坐在屋内，喝咖啡、聊天、看书，一转头，野鸭戏水、鱼儿透气的湖面风光一览无余，十分惬意。工作的时候认真工作，休闲的时候尽情享受，玩也玩得问心无愧。

　　当瑞典人享受静谧的夏日生活时，活力四射的丹麦人则跃跃欲试已经戴上头盔去骑行山野间了！如果瑞典人的名言是：不在度假屋，就在去度假屋的路上。那么丹麦人的名言则是：不在骑行，就在准备骑行的路上。

　　北欧人爱跑步，爱骑单车。北欧五国里的丹麦则是当仁不让的骑行大国。越是像白领这类因工作限制无法经常运动的人，自行车越是成为不可或缺的代步工具。因此，追求单车的卓越性能及附带的头盔、单车水瓶、单车

全家出游

健身裤等细节成为一种风尚。大家见面，第一个问候是：今天骑了几公里？今年夏天骑行穿越欧洲什么样的路线最具意义等。

前些年，"闷骚"的丹麦为了让骑行者更出风头，骑行更带劲儿，也为了提倡这种以身体动力为能源的环保生活方式，修成一条橘黄色自行车大道，专为骑行者飙车过瘾。惹得邻国的伙伴们羡慕不已，相约有朝一日骑行丹麦，体验橘黄大道。

或许受到隔壁丹麦人热情洋溢的鼓舞，其他北欧国家街头，一排排环保节能的租赁单车渐渐成为城市里的一道新的风景线。这些性能良好的主要以蓝色为主的单车就像街头的自动售卖机一样，只要付极低的费用，就可通过自动系统租赁。随到随租，简单易行。

这样不仅为本地市民提供了方便，外地的人初来乍到，也可随时体验一把环城骑行之旅。只要拿着一张地图或手机上的城市地图软件，你即刻可骑着单车冒险一般满心新鲜地穿越一座陌生的城市。尤其骑车穿行在那种铺着鱼鳞花纹石子路、临街两边人家木制窗台上摆满怒放鲜花的百年老城区，心中感到如此诗情画意，充满愉悦的奇妙感受！

不单北欧几个国家，相比低调闷骚的北欧人，性情外向的中欧人的生活明显来得热闹有趣。骑个自行车，都要穿得像机车服那么酷。尤其型男们，明艳的花纹加上紧身的弹力面料，将身体的每个部位绷得线条分明，由于常年锻炼而蓬勃生长的肌肉线条加上欧洲人本来凹凸有致的身材，火辣到令人不能直视！再戴个头盔来副运动墨镜，一个个打扮得如此专业，像要去参加世界大赛，其实也只是下午时分健健身而已。人人都成了单车控，汽车的使用率急速下降。

北欧这边，买车不贵，养车贵。停车费、油费、过路费、保修费等，都是哗哗的银子往外流。酷爱大自然、身体素质又棒的北欧人，自然而然减少了对车辆的使用。

从 20 世纪末，人们对车的态度开始出现逆转，一度摈弃的自行车又回归潮流，成为人们的新宠。虽然车还是大家的出行必备工具，但近年来北欧人的新风尚是如果有点钱，那么汽车、私人游艇与自行车三样，兼而有之。远程，选汽车；如果近的，通常选单车；游艇，也只是夏日出海用用。整个冬天，游艇可以卸下桅杆、披上油布泊在港里，只需交上几千克朗即可。

靠近美丽蔚蓝、水母朵朵的波罗的海，夏季驾船出海游泳、钓鱼、网螃蟹、打捞龙虾是很多北欧人执念颇深的爱好。说到这里，不得不提一下北欧人的取舍有度。就拿每年龙虾季来说，9 月底是北欧海域开禁捕龙虾的季节，只有在这时，大家才会放开享受一把捕获龙虾的乐趣，而且在捕捞的时候还要注意龙虾的公斤数，不得超过规定的重量。如果每人允许捕获 30 公斤，而你捕获了 50 公斤，那么多出来的 20 公斤你必须再次驾船出海扔回深海区域。就近扔回海里不行，转卖或转送给别人也不行。为的就是避免捕捞过度，破坏海域生态平衡。

不仅龙虾如此，螃蟹及其他允许捕捞的海洋动物类都是如此。海洋有海洋的法则，山林有山林的法则。即便在一个看不见的地方，北欧人也遵守着这些法则。遵守与大自然的契约，已经成为北欧人生活观念的一部分。

瑞典狭长，像一只靴子，好在沿途满是湖泊和森林。好友安娜是个单车控，此前过着车不离身的生活。忽然有一天在街头接到一张"骑行者协会"发的体验传单，号召有兴趣的骑行爱好者选定节假日休闲的两三天，周五晚出发，周日晚回来，完全的户外骑行者派对。要求骑行设备必须齐全：头盔、水，建议最好有专业的骑行服、睡袋、露营帐篷和干粮。然后必须关掉手机电脑，完全融入大自然。你听说过有棕熊用手机的吗？

安娜身上永远有着一种对新鲜事物好奇而探索的天真的童趣，尽管她已经是两个孩子的妈妈。她看到这个计划后觉得挺有趣，回家一合计就带着两个半大的孩子报名加入了体验活动。回来跟你报告心得哈！一身"戎装"的安娜临行前给了我一个孩子般的"V"字手势。

不得不说那一次安娜骑行回来，完全被骑行的魅力征服，立刻耗资1.3万克朗（约人民币1万元）买回单车一辆、头盔一个，从此闲置汽车，加入了骑自行车的行列。大伙儿骑着单车，穿梭在密林小道上，或碧波荡漾的湖泊岸边。蓝天白云，闲花野草的旷野小路，人骑行其中，恍若仙境。

安娜对我说减少汽车的使用后，生活一下子轻松了一大截，也顺带省了一笔汽车费用。然后，另一个惊喜是：骑单车后，烦人的"救生圈"不见了，令她的水桶腰变小蛮腰了！然后，这个女人觉悟了之后竟一发不可收拾，不仅自己，还给俩孩子一人一辆儿童单车，连带着其老公也加入了单车控一族。假期的时候，一家四口骑车沐浴在乡间小路上，优哉游哉令人羡煞。

车对于北欧人来说，当真就是一交通工具而已。跟身份与社会地位似乎没有什么瓜葛。20世纪五六十年代，小轿车风靡欧洲的时候，我们还在骑自行车。20世纪八九十年代，当普通小轿车进入我们家庭的时候，欧洲人在玩名牌车、老爷车。等我们有钱购买名牌车的时候，欧洲人玩了起私人游艇。到了21世纪，我们的名牌、非名牌小轿车跑满大街的时候，欧洲人又摈弃汽车玩性能良好的单车了。

近几年，当绝大多数的汽车制造商们在煞费心机讨论怎么省油，以及什么样的油既能保证行驶性能良好，又能最大限度地降低汽车尾气对大气的污染的时候，世风一转，永远走在时尚、科技前沿的北欧人开始提出无油、零污染、高效节能车的概念。

没错，在全世界都貌似应该循规蹈矩的时候，内心充满激情又有良知的北欧人就是这么任性地玩的！

我们之所以热爱生活，是因为我们即生活本身。

对大地的眷恋情怀

环保对于人类来说，何时行动都不晚。

—— 题记

在北欧，虽然对宗教信仰没有那么强烈的形式约束和心理需求，但在每一个北欧人心里，都有一部愿意遵守的、人与大自然和谐共处的十诫。也许你在北欧宣传画册上看到过"Allemansrätten"这样一个词——北欧人和大自然的十诫：人人都有享受大自然、行走在大自然中的权利，所以人人也有保护大自然的义务。

虽然在法律规定下，瑞典、芬兰、挪威、丹麦、冰岛五个北欧国家对这个词的解释不尽相同，但大同小异，都是旨在保护大自然，更好地享受大自然。比如不得将垃圾随意丢弃，不得捕捞过度，不得在森林中生火，不得擅入私人领地，不得伤害或惊吓野生动物，不得践踏耕地，不得无证打猎或钓鱼，不得破坏鸟窝及端走鸟蛋，不得私自砍伐树木，不得破坏植被，等等。总之一句话，在大自然中行走，你也是大自然的一部分，不要惊扰大自然，也不要破坏大自然，而要与之和谐共处。

大自然的资源总是丰厚的！如果你遵守了这些情理之中的基本约法，大自然回馈给你的，比你想象中的更多。除了生长于森林田野间的各种浆果、蘑菇可以随便采摘，那些帐篷爱好者，如果问明了主人家，甚至在不惊扰主人的情况下，可以将帐篷搭到别人家百千平方米的院子里去。那些金钱买不来的东西，比如蓝天白云、纯净空气，陶醉于大自然湖光山色之间的愉悦感受和身心彻底的放松，才是大自然真正的魅力所在。

所以无论是野餐还是远足，北欧人所过之处，森林里、草坪上、湖边，永远是干干净净的，不会留下一星半点儿垃圾。秋日到来，家家户户院子里的果子成熟了，硕果累累的枝头探出篱笆，就算果子掉在地上了，也少有行人伸手去捡。出海捕鱼，进森林采蘑菇，海洋有海洋的法则，山林有山林的法则，北欧人几乎从来不会超出限量地捕鱼，或将发现的蘑菇采个一朵不留。写着"PRIVAT"（私人领域）牌子的地方，比如牧场、森林、自家修的湖边码头等，或者带矮矮篱笆的院子，虽然那篱笆低矮到形同虚设，北欧人都会十分注意，不去私闯冒犯。

由于人口号一键制，那些年龄、住址、电话号码，我们以为要十分在

院子里的果树

矮矮的篱笆

意的隐私，在瑞典人那里反而风轻云淡。真正的隐私对于北欧人来说，就是保持人与人之间的距离，不要互相轻易打扰。这样的隐私，也反映在瑞典人家的住宅领地上。瑞典人住别墅，没有修墙护院的意识和习惯，所有住别墅的人，庭院里要么是矮矮的篱笆，要么种满灌木，要么索性呈开放式。但无论怎样，所有北欧人都知道这是别人家的院落，不得私自擅入半步。

从小学六年级以后，为了培养孩子们亲近大自然的意识，北欧学校每年都会陆续组织木屋冬令营、高山滑雪活动和湖泊夏令营。森林取火是被禁止的！这一律法的教育从每个人的孩童时代开始，已深入人心，没有哪个北欧人会试图去触碰。北欧寒冷，去高山户外滑雪的人，都知道要穿好防雨雪潮湿的连体防寒服，带好专业的睡袋和帐篷等一流的保暖设备，而非取火装备。

从前教过的学生从瑞典北部来看我，送我一个用鹅掌楸树叶包成的礼物，上面附着几朵瑞典的国花铃兰。是巧克力、花籽，还是其欧洲祖母的绣花餐巾？打开来看，跃出一匹披着绣花马鞍的拙趣可爱的正红达拉木马。不禁雀跃，喜爱异常！

如果说世界上没有两片相同的叶子，那么世界上也绝对没有两匹相同的达拉木马！只因每一匹色彩鲜艳、美丽非凡的木马，至今都是遵循古风的传统木马手艺人一刀一笔手工制作、手工描绘的。而有别于传统木马的是，这匹达拉木马背上两侧各驮着一个麻袋！

如大红灯笼是中国的象征之一、多彩的木鞋代表着芬兰一样，拙朴可爱的达拉木马则是北欧斯堪的纳维亚半岛之国瑞典的"名片"。同那匹闻名于世的特洛伊木马不一样的是，这匹来自17世纪瑞典达拉那地区原始森林伐木工人手中的木马，百分之百是爱与和平的化身。小小的木马身上，不仅寄托着父母对孩子无尽的思念和关切，也承载着瑞典曾有过的、刀耕火种农耕时代的国民艰难生活的历史。

当年那些"达拉木马之父"——伐木工人们，常年在林海深处作业，思念妻儿的心情无处寄托。工作之余，将木头削成陪伴在身旁的忠实伙伴——马儿的形状，回家的时候带给孩子们。父亲伐木归来，快乐的孩子们在父亲的百宝皮囊中找出松果、蘑菇、蓝莓，更有惊喜的木马。

心思细腻的家庭主妇们，闲暇之时思念着密林深处的丈夫，为了好看，又给木马们涂上漂亮的颜色，描绘上非凡的装饰。于是，一匹光芒四射、孕育着伐木工人和家庭主妇殷切之爱的达拉木马诞生了。这些漂亮非凡的小家伙们，成为孩子们童年时光中一抹难忘的亮色。

学生的祖父曾经是伐木工人，后来开了一家达拉木马专卖店，雕刻的木马远近闻名！据说参加了 2010 年的上海世博会，被瑞典馆选中的一大一小两匹达拉木马来自学生的家乡瑞典 Mora，由木马老家——瑞典达拉那地区的木雕家、学生父亲的老友 Torbjrn Lindgren 精心雕刻而成。现在这家店由学生的祖父和父亲共同经营着。而学生这次回去，则带来了一个新思路，不仅要收购一片土地做地主，还准备在工业城市哥德堡开一个大有前景的有机商品专卖店。店的标志，就是一匹小马左右两边各驮着一只麻袋，一袋装着燕麦、一袋装着新鲜的似乎还带着泥的瓜果蔬菜！

我被这个驮麻袋的小达拉木马深深吸引了！北欧几个国家，拧开水龙头，哗哗的自来水可直接饮用。高度的环保，保证了水质的纯净。北欧人很早就注意到了化学除虫剂等对土壤的污染。当大家为转基因食品争论不休的时候，北欧近几年来的有机食品店如雨后春笋般，呼啦啦开了一家又一家。就我住的这个小区，已经陆续开了五家有机商品店。时尚界有一句话说：什么是时尚？时尚就是五十年一个轮回。这句话用在人们的现代饮食上，也恰如其分。

有一天，路过一家有机商品店，被摆在门口的几个老南瓜吸引，走进去，仿佛时光倒退 20 年走进了外祖母的农家小院！麦仁、花生、玉米，各种豆类、瓜果、蔬菜，各种农作物，被装在敞口的麻袋里，闪耀着只有农作物才有的谦虚丰厚的光芒。这些农作物用最原始的方法种植，春播、夏生、秋收、冬藏，然后以庄稼最原始本真的面貌，展现在人们眼前，盛在人们的盘中，期待着成为您健康的一日三餐。每个麻袋上都用植物叶子制成的标签标着 EKOLOGISK 有机商品的标志。

生活是一种引导，北欧人本来喜素食、生食者多，如今出了有价有市的有机环保瓜果蔬菜，虽然价格比一般商品贵出很多，可一旦品质生活养成，为所食的东西赋予健康与环保的使命感，便是千金也值得了！

除了专门的有机食品店，就是大大小小的超市，里面贴着有机标签的商品也慢慢多起来。除了以前比较常见的香蕉、鸡蛋和咖啡，还加入了无污染用来生食的嫩玉米、带缨子的仿若刚从田间拔出来直接走向柜台的胡萝卜等透着浓浓的大地气息的食品。这些商品的价格通常高于同类产品，但还是有越来越多的人选择价高的有机食品。原因很简单，口感和健康是一大因素，而对土壤的关注也成了餐饮健康的一部分。

落在衣服上的污渍很容易就清洗掉了，但是融入土壤里的除虫剂等化学物质却会长期污染土地，这也是越来越多的北欧人选择有机食品的原因：不愿看到脚下的土地在人类的干涉下变得满目疮痍！

有北欧伐木场之称的瑞典，虽然人们世世代代善用木材打造一切，比如小木屋、以原木产品为主的宜家家居，但瑞典森林百千年来几乎未见损减，一则依赖于大家强烈的爱林护林意识，再则归功于政府有先见之明的环保政策。从六百多年前的瓦萨国王起，"伐一棵树，补种一棵树"的律法就已经深入人心。即便用来做栋梁的木材长在自家门口，瑞典人也不会兴起私自偷伐之念。众目睽睽之下，做事不逾矩，那是遵守规则。自律，体现在那些人看不见的地方。就像圣诞节来临，森林里松果跌落，每年都会长出很多品相好的小松树，但出门走几步就是森林的北欧人，要圣诞树也不会提起斧头走向森林，而是带上银行卡走向集市上的圣诞树市场。

北欧人喜欢在院子里种苹果树、樱桃树、梨树、李子树等果树。尤其苹果树，秋天一到，风乍起，金灿灿、红彤彤的果子落了一地。起初以为一定会酸涩难以入口，但偶然捡起来尝尝，酸酸甜甜，真是好吃。后来才知道，这些果子就是要它们随意掉落，这是给驯鹿、刺猬、野兔等留下的过冬口粮。瑞典驯鹿多，就我住的房子，院子里也经常有驯鹿来访。好心的邻居告诉我，秋天的驯鹿惹不起，尽可能躲远点。原来每到秋天，吃了太多果子的驯鹿，由于果子在胃囊里发酵成酒，驯鹿变醉鹿，发起酒疯来，一改平日森林之王的气势，连树都敢上。记得有一则新闻报道，便是警车出动，拯救一头发了酒疯爬在树上下不来的驯鹿！

那些又圆又大、香气扑鼻的苹果，被院子主人摘了做果酱或者苹果派给孩子们吃的，但摘也是摘垂到眼前的，那些树顶的，北欧人从来不会全部摘完，那是留给空中的鸟儿的。虽非驯养，但北欧的鸟儿们都不怕人，你喝咖啡，它敢从你盘子里夺食。每年夏季，早上四五点天大亮，睡在床上，就听鸟儿在晨风里大展歌喉，一只比一只叫得婉转动听。在鸟儿的歌唱里开始愉悦的一天，对北欧人来说真是惬意。所以鸟儿在北欧人那里，永远会得到善待。

从当年 11 月开始，直到次年 4 月中旬，北欧的冬天漫长而寒冷。鸟儿觅食难，但家家户户都有提供给这些羽孩子的流动"鸟儿餐厅"。仔细看，屋檐下或树上，北欧人家的庭院里，都有给鸟投食的鸟食笼。散装的麦粒、瓜子、小米等，或混合了各种谷物的团子，都是鸟儿喜欢的食物。

在城市里，除了有爱心的人们，政府也会定期派人将谷物团挂在街道边高高低低的树上和灌木丛里。而森林公园腹地湖边成群的野鸭更不用说了，冬日的时候，湖中心的喷泉温水涌动，成百只野鸭扑棱着翅膀在水里上下翻飞洗温泉浴。洗罢温泉浴，远远看见拎着面包袋的北欧老爷爷、老奶奶或推着婴儿车的孩子父母，野鸭立刻前扑后拥冲向岸边，单靠卖卖萌，满地的面包屑尽可以放开肚皮吃！

鸟儿餐厅

　　环保对于人类来说，何时行动都不晚。无论是中国人还是外国人，远祖无不是务农者，从乡野走出再回归乡野，真是回归一小步，人类的文明意识前进了一大步！人生即便能上天探月，下来还是要在土地上生活作息。人类离不开繁衍着一切的土地，对其的态度不应该是无休止地破坏掠夺，而是应该感恩、爱惜和保护！也许这才是北欧人越来越青睐有机蔬菜的原因所在，不仅自己健康，也要大地母亲青春、靓丽常在！

　　这就像瑞典人结婚时撒米的风俗。一对新人走出教堂，人们纷纷将准备好的大米如雨般撒在新人的身上，犹如中国人结婚时传统的撒帐：将大枣、花生、桂圆、瓜子纷纷撒向帐中的新人。无论是"早生贵子"还是大米的"甜甜蜜蜜"，虽中西有异，却殊途同归：有辟邪，有祝福，也有根植于大地的人们对大地生生不息的眷恋情怀！

后记
幸福的精确度

简约——内心宁静的另一种解读

保持内心宁静的方式有很多种，一个人、一杯茶、一本书，是一种宁静。春日的暖阳里汗流浃背地打理一下后花园，清除杂草，也是一种悠闲宁静的生活。而对 36 岁的单身女人玛瑞亚来说，宁静则有另外一种解读。

当每天下午五六点下班后，其他地方霓虹初上，生活交际刚开始的时候，"无趣"的北欧人则早已在赶往回家的路上。与外面的世界比起来，橘黄的灯光下、家庭餐桌旁与家人、孩子们的低笑浅谈，或者做一些自己喜欢的事情，才是北欧人心目中完美生活的诠释和意义所在。

今年 36 岁的玛瑞亚尚单身，是北欧某家连锁服饰品牌的设计师。玛瑞亚通常在早上 10 点店铺开门之前 15 分钟到达办公室，调整情绪，换上工作装，喝杯咖啡，然后热情洋溢地迎来一天的工作。中午一个小时的进餐时间，午餐后小睡 20 分钟。下午 7 点下班后，前往钟爱的萨萨舞健身俱乐部，跳一个小时的萨萨，一周 3 次左右。

作为设计师，为了捕捉灵感经常出差，喜欢时尚生活的玛瑞亚选择在市区租房，这样无论上下班、购物、喝咖啡等，都很方便。房子对于玛瑞亚来说只是暂居之处，她认为真正的家构筑在自己的心田里。无论走到哪里，聆听到自己的心声，就是归家的感觉。这颇有禅意里此心安处是吾乡的意象。

北欧假日多，十天半个月就要来一个国民假。不出差的时候，喜欢骑行的玛瑞亚通常会骑三个小时单车去看望住在另一个周边小城市的父母，或者和骑行俱乐部的朋友们来一次骑行远足。在强大的福利制度下，无须顾及父母的赡养问题，又无孩子抚养，玛瑞亚可谓无事一身轻的单身贵族。除了房租水电等必要的开销，每年攒下来的大笔钱，玛瑞亚都用于环球旅行。几年下来，她除了成为资深"驴友"，拓宽了生活的高度、深度、纵横度，还顺带升级成为公司的图片摄影师。

有时公司需要的户外景色图，就来自玛瑞亚的影集。这个 36 岁的大女孩生活简单明净，像所有崇尚天性解放的北欧女孩一样，无论走到哪里，都要将生活的舒适与否放在首位。

从玛瑞亚身上，你永远看不到浪费和奢侈，除了和朋友们偶尔的聚会，她通常的衣食起居都极其简单，但又不失优雅。

都说女人的衣服永远少一件，打开她的衣柜，衣服不多却彰显品位。与其浪费钱买十件撞衫服，不如花同样的钱买一件时尚装，这是玛瑞亚的购物理念。很多女人在买衣服这件事情上"口是心非"，说到做不到，而玛瑞亚却是身体力行者。

作为服装界业内人士，天马行空、别出心裁的设计是一件衣服的灵魂所在，也是她考较一件衣服的标准。有时出去旅行，看到喜欢的东西，即便是一件土布衣服，只要玛瑞亚看上它的设计，也会当珍宝一样带回。设计是无价的！这是玛瑞亚常挂在嘴边的一句话。

除了玛瑞亚这样的城市女孩，简约又有腔调的生活也是大部分传统北欧人的生活核心理念。

效率——保证生活得有品质

一天到晚无所事事，或者朝九晚五像拧紧的发条一样成为上下班飞人，这两种生活都是北欧人无法忍受的。夫君在歌剧院工作，工作相当轻松，剩下的时间，足够再打一份工。但"懒惰"的他是绝不会这么做的，剩下的大把时间，他通常像很多人一样，选择在咖啡店喝咖啡或看书消磨掉。

这里的商店最早要到 10 时才开门，所有的商店下午 6 时准时关门，星期天一律不营业。但除了像夫君这样艺术气质浓厚、崇尚享受生活的"懒人"，也有像汽车技术研发工程师菲利普那样习惯职场生活的理工科人士。

因为近年来北欧和中国的汽车合作业务，许多在沃尔沃、吉利等公司工作的瑞典汽车技术工程师，忽然一夜之间人人和中国同事见面，都能来句：你好，谢谢，再见！这里面的菲利普更是佼佼者，因为他出差中国的次数最多。在他身上，能完美地映射出一个标准北欧职场人的行事作风特点：沉稳、亲和、敬业。

朝九晚五的工作对菲利普来说是一种约束，也是一种享受。因此，他的生活才会如此简单和规律，几乎没有早退和迟到的记录。

虽然如此喜爱职场生活，但是要他加班几乎不可能，因为那侵犯了他的个人生活时间。在这件事情上菲利普几乎已经"修炼成精"，前一秒还是兢兢业业的电脑桌前的工程师，下一秒立刻变身健身房达人。工作和休闲生活绝对分得开、拎得清。

学习对于菲利普来说是一件不可或缺的事情，只要技术精进需要，他会推掉一切活动去专门报班学习。哪怕这个学习占用了他的一切业余时间，他也在所不惜。

在北欧，诸国人若偷懒、犯懒是很容易的，大不了吃救济，总之不去工作绝不会饿死。但是真正的北欧人鲜有这样的想法，找一份真正喜欢并乐于从事的工作是出去做工的前提。

每每谈到将来想从事的职业，夫君总会说："不要考虑收入，先问问你喜不喜欢？喜欢的工作，才有可能做好它！"这一点在菲利普身上也有深刻反映，他的一切钻研，都是以喜欢及自发为前提，喜欢学习的过程，也享受工作给自己带来的成就感，这种付出和加班绝对是两码事。在技术领域他永远保持着孜孜不倦的钻研态度。而到了个人休闲时间，菲利普连工作这个词都不愿意听到。

平时除了上健身房，菲利普还去当地的功夫学校学太极。为了扩大少林功夫文化的影响，师父每年都会选派一些爱好者来中国少林寺禅修两周。有一年暑假，菲利普来少林寺参加了两周的功夫禅修。每天跟随僧人们习武、吃素念经，寺院的生活体验倒让这位技术男备感新鲜。

因为度假屋在岛上，像所有岛上的居民一样，菲利普也有自己的私人游艇，不出去旅行的时候，悠长的夏日时光，菲利普都是在游艇上度过。冲浪、钓鱼、在甲板上看书，每次度假回来，一身古铜色皮肤是肯定的，那是吸引女孩的秘密武器之一。

一到夏日的北欧，你是找不到几个当地人的。辛辛苦苦工作半年，终于轮到休假，大家反倒忙碌起来，变成了世界飞人，不亦乐乎地去心仪的国家和地区度假。北欧人爱旅行是出了名的，夏季的时候，要么去度假小屋，要么满世界飞。

家庭——王子公主的安乐窝

Björn，中文名熊先生，他家是我教过的学生里面最有趣的一家瑞典人。他的大儿子在中国工作期间认识了一位女孩，为了当好未来的公公、婆婆以及小姑、小叔子，熊先生夫妇俩带着尚未成年的小儿子和小女儿，来语言大学我的班上学中文。

熊先生风趣至极，能力高强，开了一个专门收购濒临破产公司的公司。工作内容就是将那些濒临破产的公司低价收购进来，做好做强之后再高价卖出。做这一行需要独到的眼光、魄力、创意和睿智，但谈完生意，生活中的熊先生却完全是另一番做派。

贵为其收购公司的创始人和掌门人，熊先生平常的衣食住行却极为简约。他第一次来我班上上课，那嘻哈又爱开玩笑的行为，就像一个玩艺术的雅皮士：戴着礼帽，穿着内涵低调袖、口肘部已经磨白的灯芯绒户外休闲西装，拎着一个看似破破烂烂的棕皮户外公文包。

每年的元旦前，爱搞怪的熊先生酷爱 Cosplay，然后将全年 12 个月里全家的生活照制作成挂历，作为元旦礼物寄给亲戚好友们。而挂历的封面，就是 Cosplay 照。因为他在北欧某小镇邂逅过前往北欧采风的宫崎骏本尊，又喜欢其作品，就成了宫崎骏动画系列的超级大粉丝，每年都要率全家拍家庭主题照。

去年熊先生全家福的主题装扮是魔女宅系列，女儿非要扮魔女，熊先生只好屈尊扮魔女的黑猫。因为家里未来儿媳妇是中国人的关系，熊先生一家决定改路线，明年扮演中国系列。我顺口说：清朝人。没想这一家竟为这绝妙的主意击掌相庆。唉，这一家为这么一点小小的创意就能如此快乐。

春天一到，熊先生一家就忙活起来，准备将其房车改造成像《哈尔的移动城堡》里那样。在熊先生的眼里，任性快乐的家庭生活是他的全部。不论在院子里除草，还是翻新栅栏，或者在家为花花草草盖阳光房做做泥瓦工，只要是和太太和孩子们在一起，生活就既充实又快乐。不上班的时候，熊先生的手机全程关机，一心一意享受和家人在一起的快乐时光。

看到这样一个童心未泯的老男孩，你一定会想指不定他的太太扮演着怎样温良贤淑的"全职保姆"角色，但其实在家庭中扮演全职保姆的是熊先生本人！熊先生可谓一个典型的超级奶爸，亲手带大了三个孩子。虽然现在三个孩子已经长大成人，但熊先生每每说起来，人生最得意、最值得炫耀的事情，不是生意场上的千万克朗大单，而是初为人父，给头生儿子第一次换尿布竟然全程无撒漏。

能够陪着孩子们成长，对他来说无疑是上天最大的恩赐。为此熊先生常常感谢自己的太太，让他通过孩子体验到了完全不一样的人生感受。而作为回报，熊先生也心甘情愿永远让自己的太太做家里的霸道总裁、如花美眷。三个孩子是熊先生亲自带大的，个性鲜明又不失亲和力、责任感，从他们身上，你可以看到从小来自父亲的影响和培育。

离婚率高，只同居不结婚，显然是真实存在的。但这并不表明北欧人游戏人生，漠视家庭观念。相反，北欧人正是对待婚姻和爱情过分严肃，不愿姑息迁就婚姻中的任何一种不可原谅的错误，才会如此地"泾渭分明"。

男女收入持平，经济独立，不存在一方依附一方，婚姻中有无爱情就成了主要因素。

人工贵，使得瑞典男人个个成了能工巧匠。平日里从商场买回来的大小家具，内附详细的说明书，商家是不会派人来给你安装的。如果派人来修，工人的出工费已抵你购买家具费用的三分之一。这时候，能干的瑞典男人们显示出无比优越的实用性啦！所以像组装家具这种技术活，对熊先生来说太简单。他在筹备着他的更大计划：房车改造！

教育——未来世界的风向标

北欧，从来都是一个崇尚教育、全民读书的风尚之地。没有哪一个地区，能把教育推崇到如此高的地位。教育是一个国家的立国之本，也是推动人类文明前行的车轮。北欧人深深地意识到这一点，首先不惜全年给妈妈爸爸们放带薪假，让孩子在一个完全充满爱与信任的环境里茁壮成长。而学校的教育，则以释放孩子的天性作为己任。

在许多国家都以考试作为衡量人才的唯一标准的时候，瑞典在20世纪60年代率先废除了高考制度，为的就是不让成堆的应试书本压垮孩子们的创造力和个性。虽然废除了高考制度，但不是说教育就靠"散养"。

"千里之行，始于足下"，北欧的教育理念更看重平日的知识积累。所以申请北欧大学，高中三年平时课的单科考试成绩占着主导因素。北欧老师原谅你一次大考的失利，如果平时的成绩好，作业也都能完成，学生还是很有机会扳回局面的。

北欧教育培育的是综合素质型人才，学习中因势利导，兴趣第一。一代代在这样的教育理念下长大的北欧人，也会潜移默化地将这种符合人性、天性的教育发展理念灌输给自家孩子。

在教育我的宝贝女儿小熊仔时，我通常都尊重孩子爸爸大熊的教育方法，因为那些方法看起来的确不错。也许受歌剧院男高音爸爸的影响，小女对音乐分外着迷，小小姑娘的心愿是有一天和爸爸一起同台演唱。

说起我家小女的业余爱好，早在两三岁的时候，我这当娘的就开始张罗。近水楼台先得月，家里放着钢琴，极力建议大熊先从钢琴教起。可优哉游哉的大熊貌似一点儿也不急，总是说："等一等，等一等，等她自己想学。"

北欧人通常都会尊重小孩的意愿，没有逼着孩子去学这学那的。比如女儿班上的同学，有学骑马的，有学冰球的，有学跳舞的，都是孩子自愿的，少有父母逼迫代为决定。既然大熊这么说，没办法，只好任女儿这棵小树自己成长。

忽然有一天宝贝女儿回来说要去和同伴一起跳舞，乐得我立刻将她送往舞蹈学校练基础芭蕾。这样玩着学了两年，有一次看见露西亚音乐专场歌剧院儿童声乐团的演出，小人儿羡慕不已，回来自己跟她爸爸说要学声乐。OK，教起。结果一直主张对女儿放养的大熊一旦教起来，那叫一个尽职和耐心，循循善诱，耐心教导。

从小女儿2014年夏天考进市立大教堂儿童声乐团学习声乐至今已有7年，小学四年级的时候，她通过考试转到了哥德堡一所以音乐闻名的学校，如此，总算离和她爸爸在歌剧院同台演出的梦想又近了一步。

今年，眼看着马上升九年级，再有一年就要上高中的女儿，我说："宝贝，上了高中就要考虑将来的大学专业了，乌普萨拉大学音乐学院可以考虑下哦，那是爸爸的母校，还离爷爷家近。"

结果小女说："妈妈，为什么现在学音乐，将来就一定要上音乐学院？"

幸福是什么？

18 岁的少年 Jake（雅客），是我在一次回国旅行前往康定的大巴上认识的挪威男孩，一个典型的背包族。其时正值高中毕业空档年，他就选择出门旅行，长长见识。看看他的旅行包，地图、防水火柴、急救小包，样样齐全。而旅行的钱，都是前两年打暑期工所得。

每一个旅行计划，他都会用差不多两年的时间准备，准备期主要是为了攒钱，当然旅行攻略也没少做。在康定的国际青年旅社，我们遇到了几位骑车去西藏的中国大学生。雅客曾经一度心动，很想跟他们一起骑行，但因为外国人不能单独进藏，必须报名跟团，只得作罢。

问起雅客后面的打算，他告诉我他决定在中国待半年，专门学汉语。问起在中国旅游的感受，他说："慢一点还是能看到风景的。"话从一个 18 岁的少年口中说出，令人既欣赏又沉思。

幸福是什么？这个命题曾经困扰了 60 后、70 后、80 后、90 后一代代的人。北欧，上帝的牧场，这几位生活其中的北欧人又是如何界定幸福的呢？

玛瑞亚：幸福是一种自然状态，当你不再苦苦追问什么是幸福的时候，你就真的幸福了。

菲利普：曾经有人问上帝在哪里？耶稣回答："上帝在盛开的花里，在孩子的笑脸里，在扶起泥泞中的人的手里。"我想，幸福亦然！幸福在生活的每一个细节里。只要这一天没有感到虚度，我就是幸福的。

熊先生：没有比和家人在一起共度时光更幸福的事了。幸福是另一种形式的爱，是健康、信任和尊重，是和家人同分一钵星期四的豌豆汤。

小熊仔：家里的小猫和我一起睡，还有吃冰激凌的时候。

雅客：幸福应该是做自己想做的事情，知道自己想要什么，还有就是比如躺在洒满阳光的床上睡到自然醒。

正是因为强调了人的价值，作为个人的存在感如此之强，北欧文明才显得如此温暖。纵观北欧的文化教育、社会福利、公共建设、自然环境，这种天人合一的理念，无不将大自然恣意的舒展与人的舒适度放在第一位。

生生不息的北欧精神

诚如凡做事必先要有兴趣，只有对生活保持兴趣，才会乐意奉献于生活，并享受其中。北欧人无论生活还是工作，正是把喜不喜欢作为衡量选择的标准，所以你很少听到北欧人抱怨工作之苦、生活之累。

选择了一份工作，是自己喜欢的，即使苦也乐在其中。决定结婚要孩子，个性不羁、穿着鼻环的北欧年轻人，就连因此而牺牲和朋友们聚会泡吧的机会也在所不惜，一切都是因为喜欢而做出的选择。

正因为以人为核心，北欧人的字典里才从来没有占用私人生活的"加班"二字。下了班，你的老板不敢轻易打电话来骚扰你有声有色的个人生活。唯如此，世界上才有了"超级奶爸，北欧制造"，以尊重女人、分享生活为前提的北欧好男人"品牌"。正因为强调家庭生活品质，下班后还在街上乱逛简直说不过去，才有了商店晚上7点打烊的规矩，街头冷冷清清。家，就成了最完美的归宿。

行走在北欧，你会真真切切地感到，人是真正享受生活并凌驾于生活之上的。大家可以自由从容地安排自己的生活。就像萧红以倭瓜为例描述过的那种超自然的"倭瓜生活态度"：夏天来了，倭瓜们想开朵闲花就开朵闲花，想结个倭瓜就结个倭瓜。没错，北欧人正是抱着这种"倭瓜态度"，与自然高度契合地生活着。工作时就工作，休息时就休息。简单的话里蕴含着生活的哲理。大道至简！这就是北欧人乃至整个北欧社会文明价值的核心意义。

正因如此，才有了这本北欧知行"羊皮卷"。一个城市的灵魂，在巷道弄堂半掩的种着花的门后。一个国家的灵魂，在每个人的生活状态里。每个走在蓝天白云下的人，都会不由自主地伸展双臂拥抱这美丽、自由、风一样的国度。

北欧人——世界上最思乡的人，他们像那里的森林和湖泊一样，不断为这片土地注入生生不息的活力。恰如瑞典国歌里唱的那样：你古老，你自由！我向你地上最美的土地，致敬！吾愿生于斯，死于斯。

幸福的精确度

在大多数北欧人眼里，车不过是代步的工具；而别墅不过是居住的地方，甚至对于生性不羁、热爱自由的北欧人来说，固定的房产反倒是一种羁绊，所以你总能看到别墅区里有房子处于"TILL SALU（在出售）"状态。

北欧人买什么都喜欢分期付款，大到房子和车，小到一副眼镜。绝大部分的北欧人每月的收入，不过是收支平衡或略有盈余以备急用而已。虽然北欧五国是世界公认的幸福指数名列前茅的国家，但这种幸福，并非单纯来自物质的富足，再说富足也是靠正能量的人们一代代用努力和创造积累起来的。北欧人的吃穿用度讲究一个"Lagom"，刚刚好，够用就好。钱不是押上所有时间来赚的，房子不是用来套牢一生的。

　　幸福感，更多来源于简约、自然、平静的心态，以及家庭的温暖、个人价值的努力和实现。北欧人幸福的核心，是简约的生活。而简约的生活的核心，则是真实。

　　人与人之间的真实：既交往，则去伪存真。

　　人与社会的真实：不需要为蝇头之利得小利忘大义，诚信足矣。

　　人与家庭的真实：真实爱，满满的付出，满满的快乐。

　　人与自我的真实：那么多的事想去做，那么多的想法要实现。想得到，就去争取；得不到，再去修炼。

　　被我们一再提及的专注，是简约主义生活模式的基石。能沉下心来做事是北欧人的一种特质，可以为了自己喜欢的东西去钻研一辈子，也可以为了专注的事业一而再，再而三地钻研和学习。而为了做一个有能力思考、可以辨别人生的人，读书就成为大部分北欧人贯穿一生的习惯。

　　北欧人有一个不为人知的"三个半"作息时间，即：晚上十点半睡觉，早上五点半起床，起床之后半个小时的阅读。

　　"三个半"作息时间，听来容易做到难！晚上十点半睡觉，要有决心舍得放下手机。早上五点半起床，要有"众人皆睡我独起"的毅力。更不必说半小时的阅读，能够长年累月坚持下来，你已经超越了你自己！

　　简约，意味着为人处世不拖泥带水的处事原则，也意味着生活品位的特立独行。北欧人认为金钱买不到的东西，才是奢侈品，比如健康、家庭、纯粹的大自然、自由和对生命的关爱，所以你会看到北欧人无论刮风下雨，都在健身的路上。

　　公司里的CEO，决策会议上多大的派头，夏日草坪上的家庭聚餐烧烤，也不过是个忙前忙后侍弄小儿的"二十四孝"奶爸、家庭"妇男"。而一生自尊自爱的北欧人，老了一样优雅。

幸福是什么？靠金钱、美食、感官享受支撑的享乐幸福，一时之乐，不能长久；而通过追寻人生的意义和目标，发挥潜能和价值，产生令人身心愉悦的幸福感，意义才深远。人若有能力，播种下一颗自己喜欢的种子，守护种子成长的过程，那就是幸福。

以前看过一个故事说，若一处荒无人烟、远离人间的海岛，可以让你买去搭房子，过梦里流转千百度的种花种草种春风的"采菊东篱下，悠然见南山"的理想生活，你去不去？网友们踊跃留言。其中颇具代表性的一则评论令人印象深刻：远离人烟，那么大的海岛再豪华的房子，没人知道、没人艳羡如衣锦夜行，买来何益？我不去！

这就是我们常常慨叹的"理想很丰满，现实很骨感"。许多人一直活在别人以为的生活里，唯独忘了你要的生活是什么样的。幸福触手可及，但幸福永远得来不易！人生最大的遗憾莫过于，我们做了他人眼中的完人，却永远地错过了属于自己的人生。

人生在世，要有淡然处世的心境。比如瑞典的冬夜，和哥德堡的雨、伦敦的雾一样，是出了名的多且漫长。如果住在北欧的人，谁因天气而闭门不出，那他大概一年中有半年的时间都出不了门、办不了什么事。跟天气的相处就跟和人的相处一样。好天气你喜欢，不好的天气也要从中找到好的乐趣。喜欢北欧悠长的夏季，也觉得漫长冬夜里的沉思和阅读甚是喜悦。

许多人将北欧全球幸福指数遥遥领先的原因归结于其制度、福利、资源等因素，但事实仅仅是这样吗？如果我们选择把性格交给星座，把努力交给鸡汤，把价值交给奢侈品，把理想交给成功学，把时间交给手机，把社交交给微信，就会幸福了吗？

幸福永远不要指望他人，幸福要自己去创造。

1. 不在下班后加班，不早出晚归应酬，不和朋友们喝酒、吃饭、唱KTV 的北欧职场人，下班后都在做什么？

千金难买的家庭天伦时光，陪伴！柴米油盐酱醋茶，和家人说说笑笑饭桌上的时光，是北欧人心里永远的愉悦和牵绊。

2. 不打麻将、不斗地主的北欧人业余时间都在做什么？

跑步、骑单车、阅读、划船、健走，各种大自然里的健身锻炼。一本书、一杯咖啡的光阴，亦是北欧人的最爱。

3. 生活安逸、收入颇丰的北欧人吃什么？

健康简单的饮食。对于大部分北欧人来说，一块儿夹着火腿或芝士奶酪和生菜的三明治，外加一杯鲜榨果汁，是最简单也最美味的出行必备食品。瑞典人管这叫"SMRGS"。

4. 没有父母帮看孩子的北欧人怎么带孩子？

北欧奶爸，全球闻名，瑞典"制造"。即便父母愿意带孩子，北欧人也不肯。亲手将可爱的"小围兜"带大，参与孩子成长过程中的点点滴滴，虽然辛苦，但得到的快乐对北欧人来说是弥足珍贵的。换尿布、洗澡、晒日光浴、睡前阅读，和孩子们的嬉闹时光，这就是为人父母所得的最高奖赏。

金钱换不来孩子成长的光阴，孩子也不会永远无条件地爱你。一个人上班，一个人在家带孩子。北欧父母心甘情愿成了爱的俘虏。

5. 放了学的北欧孩子们在做什么？

忙得不亦乐乎，但这绝不是父母所强迫的，都是孩子们自己决定的项目。

且这项目不仅是一时的乐趣，也许是贯穿一生的爱好。

爱、尊重和耐心是为人父母和孩子们沟通的前提。北欧小围兜们从小就学会"讲道理"，小小的孩子有着惊人的自律。满心满眼的糖果，不到星期六糖果日，绝不会向父母开口。

孩子柔软的内心，是对多彩世界的折射。大人若不蹲下身倾听，永远无法到达孩童们那个想象力非凡的第三空间。

6. 离开强大的福利，北欧人还能幸福吗？

答案是肯定的！

强大的福利这棵大树绝非上天的恩赐或凭空而来，恰恰是经由北欧社会每个人的努力和自律，终成今日之华盖。智者有云：人创造了福利制度并用行动支持福利的运转后，福利才会服务于人，也即人在养人，而非福利养人，这个逻辑关系很多人看颠倒了。

如果北欧人个个指望福利生活，也许所谓的福利制度还没开始就崩盘了！北欧人的幸福感建立在自身价值的体现以及为人类社会创造的价值上。比如第一张胎儿的照片、心脏起搏器，或支持人类登月拍照的哈苏相机。

北欧人的凡事有度决定了其取舍有道的生活品质，而非仅仅靠福利。

7. 不跳广场舞的北欧大妈们又如何度过晚年？

阅读可预防老年痴呆症，延迟衰老，良好的阅读习惯，也许就是北欧人普遍长寿的原因之一。

社区里有属于老年人的小型音乐会、夏日舞会派对，而更多的时间，北欧大妈们约三五知己，或白首偕老的老伴，春日里打理自己的花园，种花种草种草莓；夏日里带着满篮子美味可口的食物，去海边晒阳光浴；秋日里熬满满一锅苹果酱，开车送去给住在另外一个城市的孩子们；冬日里围炉读读报纸、打打毛衣，等着来访的孩子们一起过一个既温馨又热闹的圣诞节。

闲暇时，在湖边看看大自然的日落日出，将特意带来的面包屑分给湖中觅食嬉戏的野鸭和海鸟。北欧大妈们的晚年，是韶华从容的优雅。

8. 不爱皮草的北欧女人们穿什么？

瑞典户外品牌北极狐，抑或宜家家居，恰如其分地代表了北欧女人们坚毅、自信、灵动而又不失典雅的低调简约的北欧品质，无需奢侈品来彰显价值。

多读书，给女人以智慧和优雅；多锻炼，给女人以线条和健康；爱和善良，让女人变得夺目；工作中的自信，来源于不断地学习。

优雅、睿智、善良、健康和自信，是女人们最好的衣服。

9. 不写辞职报告是否也能来场"世界那么大，我想去看看"的旅行？

世界那么大，自然一定要去看看！这是每个北欧人心底对这个世界的向往。关键是怎么看？

北欧航空常常有所谓的"最后一分钟"廉价机票，许多北欧人随时会来一场"说走就走的旅行"。这场旅行中没有背水一战的人生决策，也没有离不开的手机短信，更没有渴望艳遇的旅途悲情。

一场给身体充氧的旅行之后，皮肤晒成古铜色，只会让生活变得更加美好。而且，所有的旅行不是靠着勇气和无知出门的。

认识的一个北欧帅哥，用在机场扛包裹赚来的钱，去了几十个他想去的国家。后来，他成为环球地理杂志的特约摄影兼撰稿人。而在那之前，他已经修完了所有关于摄影和野外生存训练的课程。

10. 何谓幸福的精确度？

爱情——不离不弃

家庭——相依相伴

生活——不急不缓

工作——讲求效率

理想——不高不低

金钱——不多不少

亲情——不浓不淡

陪伴——不远不近

健康——如影相随

而最后也是最重要的一条：

多读书，多运动，每天给自己以独处的时间。吃品质好的食物。每天晚上十点半睡觉，每天早上五点半起床。

北京市版权局著作合同登记号：图字 01-2021-7507

图书在版编目（CIP）数据

这么慢，那么美 /（瑞典）罗敷著. -- 北京：台海
出版社, 2022.2
ISBN 978-7-5168-3209-7

Ⅰ. ①这… Ⅱ. ①罗… Ⅲ. ①散文集 – 瑞典 – 现代
Ⅳ. ①I532.65

中国版本图书馆 CIP 数据核字（2022）第017918号

这么慢，那么美

著　　者：［瑞典］罗　敷

出 版 人：蔡　旭
责任编辑：俞滟荣

出版发行：台海出版社
地　　址：北京市东城区景山东街 20 号　　邮政编码：100009
电　　话：010-64041652（发行，邮购）
传　　真：010-84045799（总编室）
网　　址：www.taimeng.org.cn/thcbs/default.htm
E－m a i l：thcbs@126.com

经　　销：全国各地新华书店
印　　刷：北京温林源印刷有限公司
本书如有破损、缺页、装订错误，请与本社联系调换

开　　本：690 毫米 × 980 毫米　　　　1 / 16
字　　数：188 千字　　　　　　　印　　张：16
版　　次：2022 年 2 月第 1 版　　　印　　次：2022 年 4 月第 1 次印刷
书　　号：ISBN ISBN 978-7-5168-3209-7

定　　价：42.00 元

版权所有　　翻印必究